ASTYANAX,

TRAGÉDIE.

AUXERRE, DE L'IMPRIMERIE DE LE COQ.

ASTYANAX,

TRAGÉDIE

EN CINQ ACTES ET EN VERS;

PAR M. RICHEROLLE D'AVALLON.

REPRÉSENTÉE

au Théâtre Français, le 20 mars 1789.

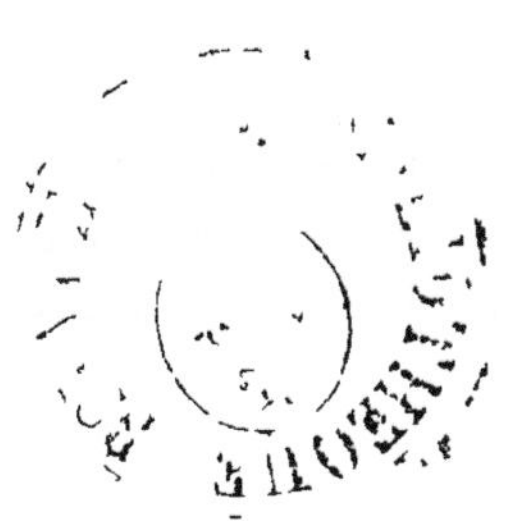

SE TROUVE

A PARIS,

CHEZ LES MARCHANDS DE NOUVEAUTÉS.

1818.

PERSONNAGES.

ASTYANAX,
ANDROMAQUE,
PYRRHUS,
ULYSSE,
THESTOR,
CÉPHISE,
PHYNÉAS,
PHÉNIX.
SOLDATS.

La scène est sous les murs de Troie, auprès du tombeau d'Hector, qui est entre la ville et le camp des Grecs. On voit dans l'éloignement une tour qui s'élève au milieu des ruines de Troie.

PRÉFACE.

Il est triste, quelquefois peu décent, presque toujours inutile de parler de soi et de ses œuvres. Qu'on nous permette cependant de parler de cette Pièce, et d'entrer dans quelques détails qui nous semblent faits pour attirer sur elle l'attention du public. Puisse-t-elle rendre excusable tout ce que nous serons forcé de dire à son sujet !

Né avec le goût des vers, nous en fîmes de bonne heure, au grand déplaisir de nos bons parens qui aimaient beaucoup mieux la prose. A peine sorti des bancs de l'école, nous eûmes l'adresse de nous dérober à leur surveillance pour aller à Paris offrir au Théâtre des Français un drame intitulé : *Le Sacrifice de l'amour*. Ce faible essai nous valut les honneurs d'une critique honnête et modérée qui enflamma notre zèle. Quelques années après, nous revînmes avec l'*Astyanax* tel que nous le donnons aujourd'hui ; mais notre premier soin fut de consulter un Auteur célèbre, qui, après l'avoir entendu de sang-froid, nous conseilla de retourner chez nous et de lui confier la Pièce, promettant qu'il nous enverrait les corrections et changemens à faire pour la rendre digne du Théâtre, dont nous ne paraissions avoir aucune connaissance ; ce qui était tout simple, disait-il, puisque nous ne l'avions pas fréquenté. Nous le priâmes avec instance de nous faire connaître quelques-unes de nos fautes ; il s'y refusa constamment. Surpris et piqué de son obstination, nous allâmes droit au Foyer de la Comédie pour y demander un tour de lecture : nous l'obtînmes sans peine. Au jour indiqué pour la séance, nous y parûmes tout tremblant; nous étions sans espoir. Quelle fut notre surprise! lorsqu'aux premières scènes du second acte nous vîmes tous les Membres du Comité, Acteurs et Actrices tirer leurs mouchoirs et répandre des larmes! l'intérêt croissant toujours, leur émotion parut encore plus vive à la scène du tombeau; et lorsqu'ils éprouvèrent au dénouement ce doux état de calme où l'ame se repose avec d'autant plus de plaisir qu'elle a été plus violemment agitée, alors ils parurent pleinement satisfaits et nous comblèrent d'éloges plus flatteurs, sans doute, que mérités. Enfin, la Pièce fut reçue au scrutin d'une voix unanime; on nous proposa même de la faire passer avant celles qui étaient reçues et de la mettre sur-le-champ à l'étude : faveur insigne que nous crûmes devoir refuser par des considérations qui obtinrent l'assentiment de toute l'Assemblée.

A notre retour de la Capitale, nous éprouvâmes un accident dont les suites longues et funestes ne nous permirent pas d'y revenir à tems pour la représentation d'*Astyanax*. Alors nous reçûmes de la Comédie Française une lettre obligeante contenant la proposition de lui livrer notre Manuscrit pour une somme dont la valeur était fixée beaucoup au-dessus du prix de l'Ouvrage : ses offres étaient avantageuses et sûres. Cependant notre santé se rétablissait; nous avions une Tragédie nouvelle dont le travail était presqu'achevé : persuadé que notre présence sur les lieux était nécessaire, nous répondîmes que nous ne tarderions point à nous y rendre.

Arrivé à Paris, nous fûmes recherché pour la réputation d'*Astyanax* dont on nous demandait souvent des lectures; un grand nombre d'Auteurs l'entendirent avant la représentation : nous leur demandions des avis, nous ne reçûmes que des louanges; quelques Acteurs même disaient hautement qu'ils renonceraient au Théâtre si cette Pièce n'avait point de succès; et tous les Gens de Lettres nous en firent concevoir une si haute opinion, que nous eûmes la témérité de refuser les billets d'usage accordés aux Auteurs pour les défendre et les protéger. Nous fûmes ainsi, durant quatre mois, bercé de la fausse espérance que le succès d'*Astyanax* était assuré. Enfin le jour fatal arrive; la cabale, qui avait eu le tems de se préparer en secret et à notre insu, parut souffrir le premier acte avec impatience, troubla le second, devint tumultueuse au troisième, enfin elle éclata à la scène du tombeau avec tant de scandale, qu'effrayé de ces hurlemens et de ces cris inhumains, nous profitâmes d'un instant de calme pour demander qu'on baissât la toile; l'Actrice elle-même, épouvantée de ces rumeurs et de ces bruits atroces, s'avança modestement sur la scène pour exprimer notre vœu. Qui l'aurait pu penser ? elle fut accueillie par des *bravos* et des applaudissemens si vifs et si prolongés, que la cabale parut déconcertée et réduite à se taire. Hélas! ce silence, qu'on interprétait en notre faveur, était celui de la bête qui dévore sa proie. En effet, on avait su au besoin se ménager des intelligences en pays ennemi, et le moyen qu'on employa pour nous perdre fut tel que les annales du Théâtre n'en offrent peut-être aucun exemple. La Pièce se soutenait à l'aide de la faveur publique; elle touchait à sa fin; il ne restait plus à dire que les trente ou quarante derniers vers qui font le dénouement : l'Acteur soudain s'arrête au plus bel endroit; l'Actrice, qui était en scène avec lui, et qui savait la pièce par cœur, aide sa mémoire : elle a beau lui souffler son rôle, il témoigne par un sourire assez expressif qu'il a perdu l'ouïe et la parole : il reste immobile, et la toile enfin tombe. Ainsi la pièce ne fut point achevée. Mes amis me pressaient d'en continuer la représentation. « Hé! Messieurs, leur dis-je, que me demandez-vous? *puis-je faire entendre un sourd et parler un muet?* »

Après cette chute infortunée, nous eûmes le courage de présenter au Comité la Pièce que nous avions apportée et achevée à Paris; elle fut reçue par un reste d'égards qui nous fit mieux connaître que le sourire du sourd et muet l'influence que la cabale avait exercée sur la plupart des autres Acteurs; nous reconnûmes dès-lors qu'une puissance invisible et invincible s'était élevée contre nous, et que la carrière du Théâtre nous serait fermée; ce qui fut confirmé par les nouvelles tentatives que nous fîmes pour y être admis. Cependant, loin de la Capitale, abandonné des heureux du siècle, sans guide et sans espoir, nous n'avons pas cessé d'aimer et de cultiver les Lettres, au point même de composer quelquefois, lorsque nous étions entraînés par l'attrait irrésistible d'un sujet qui s'offrait de lui-même et qui subjuguait notre imagination, faisant une Comédie ou une Tragédie, suivant notre goût, sans nous inquiéter de la différence de ces genres opposés ni des difficultés que nous avons éprouvées à passer de l'un à l'autre.

Il y aurait sans doute de la présomption à publier ces Ouvrages, nés du seul besoin de produire, avant de savoir comment seront accueillis ceux que nous avons entrepris sous de plus heureux auspices, et que nous ne présentons point sans craindre, même après quarante ans d'études et de travaux, qu'on ne nous accuse de trop de précipitation : car à quoi ne devons-nous pas nous attendre après ce que nous avons éprouvé ? Cependant, s'il est vrai, comme on le dit, que la République des Lettres soit une aristocratie où il importe de choisir ses patrons avant que de publier ses œuvres, il est bon d'avertir le Public que nous n'avons jamais eu de patrons, que nous n'en aurons jamais, et que notre seul espoir est dans sa protection.

ASTYANAX,

TRAGÉDIE.

ACTE PREMIER.

SCÈNE PREMIÈRE.

PYRRHUS, PHYNÉAS.

PHYNEAS.

Quel secret déplaisir peut troubler votre joie?
Elle n'est plus, seigneur, cette superbe Troie
Qui soutint si long-temps nos assauts meurtriers,
Qui repoussa dix ans nos plus braves guerriers;
D'un pied victorieux foulant sa tête altière,
Votre valeur a fait ce que la Grèce entière,
Ce qu'Achille lui-même osa tenter en vain.
Est-il pour un héros un plus brillant destin?
Mais, pour votre bonheur à quoi sert tant de gloire?
Triste, accablé d'ennuis au sein de la victoire,
Vous semblez à regret jouir de ses bienfaits.

PYRRHUS.

Hé! qui peut d'un œil sec voir les maux qu'elle a faits?
Le désespoir, la mort ont marqué son passage.

PHYNÉAS.

Qu'entends-je? Quoi! c'est vous qui tenez ce langage?

Vous, seigneur, qui juriez dans un noble courroux
Que les murs d'Ilion tomberaient sous vos coups?
Vous qu'on voyait sans cesse ardent, plein de courage,
Au milieu des combats échauffer le carnage,
Massacrer des Troyens les escadrons épars,
Et d'un bras tout sanglant ébranler leurs remparts?
Quand la victoire enfin comble votre espérance......

PYRRHUS.

La pitié dans mon cœur succède à la vengeance.
Je ne puis, sans gémir de mes propres fureurs,
De ce peuple expirant contempler les malheurs.
Quelle fut de son roi l'affreuse destinée!
O malheureux Priam! ô race infortunée!
De ses cinquante fils, objets de tant de pleurs,
Hector seul d'une tombe a reçu les honneurs;
Et l'on souffre à regret sa triste sépulture;
Et la haine des Grecs à mes yeux en murmure.

PHYNÉAS.

Songez, seigneur, songez quel fut Hector; son bras,
Pendant dix ans entiers, fit le sort des combats.
Achille a terrassé cet ennemi terrible,
Ce superbe Troyen, jusqu'alors invincible;
Mais, les Grecs tant de fois vaincus et repoussés,
Se souviennent encor de leurs travaux passés,
Et s'indignent de voir que sa cendre repose
Tranquille dans ces lieux que notre sang arrose;
Son fils, jeune victime échappée à leurs coups,
Augmente encor leur haine, enflamme leur courroux.

PYRRHUS.

Un enfant peut-il être un objet de vengeance?

PHYNEAS.

Quoi! seigneur, voulez-vous embrasser sa défense?

PYRRHUS.

Oui ; si le ciel permet qu'il tombe entre mes mains,
Crois-moi, je confondrai leurs barbares desseins ;
Et, conservant ses jours, et bravant leur colère,
J'adoucirai du moins les malheurs de sa mère.

PHYNÉAS.

D'où peut naître, seigneur, un zèle si pressant?
Pour la veuve d'Hector quel intérêt puissant....

PYRRHUS.

Peux-tu le demander? Grands Dieux! quoi! tant de charmes
Livrés au désespoir et noyés dans les larmes ;
Les plus rares vertus, les plus affreux malheurs ;
Cruels, que faut-il donc pour attendrir vos cœurs?
Déjà de nos soldats réprimant la furie,
J'ai fait cesser les maux de sa triste patrie ;
J'épargne les vaincus, et je veux désormais
Consoler Andromaque à force de bienfaits.

PHYNÉAS.

Des soins si généreux.... un intérêt si tendre....
Ah! seigneur, vous aimez, on ne peut s'y méprendre ;
Oui, pour votre captive une funeste ardeur....

PYRRHUS.

Arrête! je l'adore, et j'en fais mon bonheur.

PHYNEAS.

Mais les Grecs irrités ; Hermione trompée....

PYRRHUS.

De mes seules amours mon ame est occupée ;
Je ne vois qu'Andromaque, et ses divins attraits
Dans mon cœur enflammé sont gravés pour jamais.
Je me peins cette nuit trop fatale où ma rage
Remplit tout son palais de sang et de carnage :
Le lieu qui l'enfermait irritait mon courroux ;

Déjà la porte éclate et tombe sous mes coups.
J'entre.... Dieux ! quel objet se présente à ma vue ?
Andromaque à mes pieds sur le marbre étendue,
Pâle, sans mouvement, et les cheveux épars,
Sur son front abattu, dans ses sombres regards
Portant du désespoir la douloureuse empreinte :
De quels traits déchirans mon ame fut atteinte !
Eperdu, transporté, je vole à son secours ;
Un Dieu renoue enfin la trame de ses jours :
Je la vois soulevant sa tête languissante,
Sur nos soldats émus porter sa vue errante,
Nommer Astyanax, et retomber sur moi
Mourante entre mes bras de douleur et d'effroi.
Ah ! je sentis dès-lors le pouvoir de ses charmes ;
Mon cœur connut l'amour, et je versai des larmes.
Quel amour ! quels transports sans cesse renaissans !
Le nom seul d'Andromaque enflamme tous mes sens.
Que dis-je, Phynéas, insensible à la gloire,
En voyant sa douleur je pleure ma victoire ;
Je partage le poids de ses mortels ennuis ;
Je ressens tous ses maux ; je tremble pour son fils.
Tu ne peux concevoir l'excès de ma tendresse :
Une Divinité trop fatale à la Grèce,
Oui, Vénus dans mon sein alluma tous ses feux
Pour sauver d'Ilion les restes malheureux.

PHYNÉAS.

Ainsi, bravant les Grecs et trompant Hermione,
Aux charmes de Vénus votre cœur s'abandonne.
Ne redoutez-vous point ses perfides douceurs ?
L'implacable Vénus a fait tous nos malheurs ;
De ses feux elle sut embraser votre père,
Et contre Agamemnon soulever sa colère.

Ah ! seigneur, faut-il voir la Discorde en ce jour
Rallumer ses flambeaux au flambeau de l'Amour?
Que vont penser les rois et d'Argos et d'Ithaque ?
Le fils d'Achille, ô ciel, brûle pour Andromaque !
Du jeune Astyanax Pyrrhus défend les jours;
Il laisse subsister ces remparts et ces tours,
Ces restes menaçans d'une ville superbe
Qu'il promit tant de fois d'ensevelir sous l'herbe!
Tous les Grecs étonnés frémiront de courroux.
Quel orage nouveau prêt à fondre sur nous!
Ce jour a vu finir nos mortelles alarmes;
Nous vous devons, seigneur, la gloire de nos armes :
Tout le camp retentit de cris victorieux,
Et le nom de Pyrrhus est porté jusqu'aux cieux :
C'est vous qu'on nomme, au sein de la publique joie,
Le vengeur de la Grèce et le vainqueur de Troie.
Osez-vous démentir ces titres glorieux?
Vous soupirez; des pleurs obscurcissent vos yeux.
Ah! songez qu'il est beau de se vaincre soi-même.

PYRRHUS.

Rien ne peut triompher de mon amour extrême.
Hélas! n'irrite point ma peine et mes ennuis,
Mais plutôt prends pitié de l'état où je suis.
Tu vois combien l'amour est maître de mon ame.
Quel doit être le prix de la plus tendre flamme?
Infortuné! quel sort plus affreux que le mien!
Destructeur d'Ilion, teint du sang Phrygien,
D'horreur à mon aspect Andromaque frissonne,
A de nouveaux excès sa douleur s'abandonne,
Et ne répond enfin à mes empressemens
Que par des pleurs, des cris et des frémissemens.
Cher ami, rends l'espoir à mon ame abattue;

Andromaque du moins peut soutenir ta vue :
Peins-lui mes sentimens ; va, rassure son cœur ;
Tu peux mettre à ses pieds son maître, son vainqueur :
Dis-lui que partageant ses mortelles alarmes,
Il n'a plus d'autre soin que d'essuyer ses larmes ;
Apprends-lui mes projets, mes vœux ; songe en ce jour
A me prouver ton zèle en servant mon amour.

PHYNEAS.

A vos ordres sacrés je suis toujours fidèle :
J'obéirai, seigneur ; mais pour prix de mon zèle,
Du moins cachez aux Grecs vos sentimens secrets ;
Ils n'en verront que trop les funestes effets !
Craignez surtout qu'Ulysse en pénètre la cause,
Et que l'armée entière à vos desseins s'oppose.

PYRRHUS.

Penses-tu qu'on osât défier ma fureur ?
Vole vers Andromaque, appaise sa douleur ;
Va, cours remplir l'espoir dont mon ame est charmée,
Et laisse-moi le soin de contenir l'armée.

SCENE II.

PYRRHUS, *seul.*

Doux et charmant espoir dont mon cœur est flatté !
Par toi mon cœur se rouvre à la félicité.
Je respire ; je crois reprendre un nouvel être.
Mais on vient : c'est Ulysse ; il me cherche, peut-être ;
Inquiet, soupçonneux....

SCENE III.

PYRRHUS, ULYSSE.

ULYSSE.

Fils d'Achille, est-ce vous?
Quoi! ce bras triomphant a suspendu ses coups?
Eh! qui peut retenir votre juste colère?
On vous vit autrefois sur le tombeau d'un père
Atteint d'un coup mortel dans les champs phrygiens,
Jurer d'exterminer jusqu'aux derniers Troyens:
Votre bouillante ardeur nous retraçait Achille;
Et le glaive aujourd'hui dans vos mains inutile,
De ce peuple odieux daigne épargner les jours!
Le feu s'éloigne encor de ces funestes tours?
Dix ans d'affreuse guerre à peine ont pu suffire,
Seigneur, pour renverser ce formidable empire;
Et quand votre valeur l'a réduit aux abois,
C'est vous qui dédaignez les fruits de vos exploits?

PYRRHUS.

N'est-il pas tems de mettre un terme à la vengeance?
La vertu des vainqueurs, Ulysse, est la clémence.

ULYSSE.

L'intérêt de l'Etat est la suprême loi.

PYRRHUS.

Sur ses vrais intérêts qu'on s'en rapporte à moi.

ULYSSE.

Achille, le premier des héros de la Grèce,
Parut, de mes conseils, respecter la sagesse.

PYRRHUS.

Achille s'attendrit sur le sort des vaincus;
Il était généreux; imitons ses vertus.

ULYSSE.

Mais, songez-vous, seigneur, qu'au sein de votre gloire,
On ose vous ravir le prix de la victoire,
Qu'on dérobe à vos traits le jeune fils d'Hector,
Que ce pur sang des rois ne coule point encor?

PYRRHUS.

Hé! qu'avons-nous besoin, seigneur, de le répandre?
Caché sous les débris de cette ville en cendre,
Un enfant que la crainte éloigne de nos coups
Peut-il être un objet de haine et de courroux?

ULYSSE.

Quelque soit la pitié que son malheur inspire,
Le fils d'Hector, seigneur, a des droits à l'Empire:
Ce peuple, en le sauvant, conserve quelqu'espoir,
Et l'on doit prévenir les maux qu'on sait prévoir.
A relever ces murs on peut encor prétendre.
Que dis-je? ô ciel! J'ai vu la terrible Cassandre
(De quels malheurs affreux sommes-nous menacés!)
Cassandre, l'œil en feu, les cheveux hérissés,
Au nom du Dieu puissant dont elle est animée,
D'un funeste avenir épouvanter l'armée;
Dans nos ames ses cris imprimant la terreur,
Aux Troyens expirans annonçaient un vengeur,
Et que dans nos palais sanglans, souillés de crimes,
Leurs ombres recevraient de superbes victimes.
Tranquille, et jouissant d'un triomphe imparfait,
De ces prédictions attendrez-vous l'effet?
Verrons-nous cet enfant, dont le ciel nous menace,
Ce dernier rejeton d'une odieuse race,
De sa valeur un jour effrayant nos climats,
Rallumer de nouveau la fureur des combats?
Qu'il meure: hâtons-nous de saisir notre proie,

Et consommons enfin la ruine de Troie.
Mais, dans quel sombre asile ose-t-on le cacher?
C'est un secret, seigneur, qu'il leur faut arracher.
Armons-nous désormais d'une rigueur extrême;
Qu'au milieu des tourmens, Andromaque elle-même....

PYRRHUS.

Barbare!

ULYSSE.

Blâmez-vous ma juste fermeté?

PYRRHUS.

De vos lâches fureurs mon cœur est révolté.

ULYSSE.

Une fausse pitié, seigneur, devient faiblesse.
Voulez-vous hasarder le repos de la Grèce?

PYRRHUS.

L'Epire, de tout tems si féconde en héros,
Suffit pour assurer sa gloire et son repos.
Pensez-vous m'effrayer par les cris d'une femme?
Ses oracles menteurs intimident votre ame.
Quelle honte pour vous, ô Grecs! vainqueurs d'Hector
Et maîtres d'Ilion, que craignez-vous encor?
Un enfant vous fait peur: pour voir tomber sa tête,
Aux plus honteux excès votre fureur s'apprête.
Mais, comment osez-vous disposer de son sort?
Et quel autre que moi peut ordonner sa mort?

ULYSSE.

Seigneur, vous jugez mal du zèle qui m'anime:
De vous seul, en effet, dépend notre victime;
Mais du héros troyen si vous sauvez le fils,
Daignez du moins des Grecs rassurer les esprits;
Qu'ils sachent que ses jours sont en votre puissance,
Et que vous possédez l'objet de leur vengeance.

PYRRHUS.

Phénix cherche avec soin cet enfant précieux;
Il paraîtra bientôt, seigneur, devant leurs yeux.
Croyez qu'à ses destins je mets trop d'importance,
Pour qu'on puisse long-tems tromper ma vigilance.
Allez, rassurez-vous.

SCENE IV.

PYRRHUS, *seul.*

Il médite en secret
Les moyens d'accomplir son funeste projet;
Mais quelque piège adroit que sa fourbe me dresse,
Dût-il contre moi seul armer toute la Grèce,
Du jeune Astyanax je sauverai les jours;
Je servirai l'objet de mes tendres amours.
Hélas! en ce moment, Phynéas auprès d'elle....
Je tremble. O Dieux! d'où naît cette crainte mortelle?
Esclave, dans mes fers, Andromaque en ce jour
Peut-elle être insensible aux soins de mon amour?
Non, non. Mais, Phynéas.... je le vois qui s'avance;
Il seconde mes vœux et mon impatience.

SCENE V.

PYRRHUS, PHYNÉAS.

PYRRHUS.

Ami, quel est mon sort? dissipe mes frayeurs;
Andromaque.... tes yeux semblent mouillés de pleurs!

PHYNÉAS.

Quel spectacle, grands Dieux! que mon ame est émue!

PYRRHUS.

As-tu porté l'espoir dans son ame abattue,
Et connaît-elle enfin l'excès de mon ardeur?

PHYNÉAS.

Dans ces cruels momens de chagrins et d'horreur,
Au sein du trouble affreux qui règne dans son ame,
Ai-je dû lui parler, seigneur, de votre flamme?
A peine ai-je paru, tout son corps a frémi;
Et ne voyant en moi qu'un mortel ennemi,
Ses deux mains à mes yeux ont caché son visage;
Des sens au même instant elle a perdu l'usage;
Mais la douleur soudain ranimant ses esprits :
« Où suis-je? Hector! Hector! qu'ai-je fait de ton fils? »
Ah! comment exprimer ses mortelles alarmes?
Elle frappait son sein inondé de ses larmes,
Déchirait ses habits, arrachait ses cheveux,
Et remplissait les airs de ses cris douloureux.
Mes instances, mes soins irritant sa furie,
Je n'osais l'aborder, je craignais pour sa vie;
Lorsqu'épuisée enfin de fatigue et d'efforts,
Un sombre abattement succède à ses transports.
Je m'approche en tremblant; mourante, désolée,
Du poids de sa douleur elle était accablée.
Dieux! que n'ai-je point dit! quels vœux et quels sermens
N'ai-je point prodigués pour calmer ses tourmens!
Insensible à mes soins, et toujours plus farouche,
Le nom d'Astyanax était seul dans sa bouche.
J'ai protesté, seigneur, hélas! s'il vit encor,
Que son fils va trouver en vous un autre Hector;
Qùe protégeant ses jours en lui servant de père,
Vos soins et vos bienfaits consoleront sa mère;
Que vous ne mettrez point de terme à vos bontés.

J'en atteste les Dieux ; et si vous en doutez,
Lui dis-je, s'il en faut un plus sûr témoignage,
De la foi de Pyrrhus exigez quelque gage :
Ordonnez. Mais son cœur, rempli de noirs soupçons,
Paraissait redouter d'affreuses trahisons;
Tremblante, elle gardait un funeste silence,
Et ses larmes coulaient avec plus d'abondance.
Enfin, levant sur moi ses regards abattus :
Si tant de sang versé peut assouvir Pyrrhus,
Dit-elle en gémissant ; si la Grèce est vengée ;
Si du fond de l'abîme où je me vois plongée
J'ose tendre vers lui mes suppliantes mains,
Qu'il daigne, adoucissant l'horreur de mes destins,
Lorsqu'au sein du malheur en ce jour si funeste
On me refuse un fils, le seul bien qui me reste,
Qu'il me permette, hélas! je l'implore à genoux,
D'arroser de mes pleurs le tombeau d'un époux.

PYRRHUS.

Heureux époux! Hector, sans chaleur et sans vie,
Dans la nuit du tombeau ton sort me fait envie.
Mais, qu'exige Andromaque? en cédant à ses vœux,
J'entretiens sa douleur et je nourris ses feux;
Contre moi-même enfin c'est lui fournir des armes.

PHYNÉAS.

Mais un refus cruel irritant ses alarmes
Peut porter sa douleur jusqu'aux derniers excès.

PYRRHUS.

Ah! cédons, j'en crains trop les funestes effets;
Qu'Andromaque en ces lieux, désormais souveraine,
Dicte ses volontés, et qu'elle agisse en reine.

PHYNÉAS.

Quoi! Seigneur?

PYRRHUS.

Tu sauras jusqu'où va mon amour.
Phénix ne revient point, prévenons son retour ;
Cherchons le fils d'Hector : courons ; c'est trop attendre ;
Hâtons-nous d'arrêter les pleurs qu'il fait répandre.
Viens : servons Andromaque ; et puissent mes bienfaits
Surpasser en ce jour tous les maux que j'ai faits !

FIN DU PREMIER ACTE.

ACTE SECOND.

SCENE PREMIERE.

ANDROMAQUE, CÉPHISE.

CÉPHISE.

Quel sombre désespoir règne au fond de son ame!
Je tremble en lui parlant d'aigrir ses maux... Madame...

ANDROMAQUE.

Montre-toi, cher époux.... entends, entends mes cris!
Ilion est en cendre, et j'ai perdu ton fils!
Viens! vole à son secours : vois ma douleur mortelle.
Qui peut te retenir dans la nuit éternelle?
Hector! mon cher Hector! Dieux! il ne m'entend plus,
Et mes gémissemens, mes cris sont superflus.
Hector....

CÉPHISE.

A sa douleur Andromaque succombe.

ANDROMAQUE.

Il est donc pour jamais enfermé dans la tombe!
O jour affreux!

CÉPHISE.

Madame, hélas!

ANDROMAQUE.

Eloigne-toi;
Va, fuis, fuis mes malheurs. Hé! qu'attends-tu de moi?
Abandonne Andromaque aux fers, à l'esclavage,

CÉPHISE.

Barbare! pouvez-vous me tenir ce langage?
Est-ce donc là le prix de ma vive amitié?
Madame, à vos destins si mon sort fut lié,
Vous qui me chérissez dès l'âge le plus tendre,
A vos bontés encor si j'ai droit de prétendre,
Souffrez que votre amie, au sein de vos malheurs,
A vos larmes du moins puisse mêler ses pleurs.

ANDROMAQUE.

Ah! que tu m'attendris, Céphise! chère amie!

CÉPHISE.

Pour elle daignez donc conserver votre vie.

ANDROMAQUE.

Hector n'est plus, hélas!

CÉPHISE.

Quittez ces tristes lieux
Dont la vue...

ANDROMAQUE.

Où veux-tu que j'arrête mes yeux?
Regarde : les Grecs même effrayés de leur proie,
Frémissent à l'aspect des ruines de Troie.
Vois ces débris affreux, ces cadavres épars,
Le sang des miens partout fumant sur ces remparts;
De mes frères mourans l'effroyable carnage;
Mon père massacré sans pitié pour son âge,
Et mon fils....

CÉPHISE.

Rassurez votre cœur maternel;
Nos prières, nos vœux iront jusques au ciel :
Les Dieux ne seront pas toujours inexorables.

ANDROMAQUE.

Crois-moi, les Dieux sont sourds et les Grecs implacables.

Qui mieux que mon Hector a connu leur fureur?
Ecoute. Après dix ans de carnage et d'horreur,
Lorsqu'enfin dédaignant une gloire stérile
Sa valeur défia la colère d'Achille,
Pour ce combat fatal, en pleurant mes destins,
Dès que je l'eus armé de mes tremblantes mains,
Il embrasse son fils, objet de tant d'alarmes,
S'élance dans mes bras, m'arrose de ses larmes;
Et m'offrant un poignard; ah! j'en frémis encor!
Reçois, dit-il, reçois ce don des mains d'Hector,
Et du plus tendre amour songe qu'il est le gage;
Si le ciel m'abandonne et trahit mon courage;
S'il faut qu'Ilion cède à ses fiers ennemis,
Dérobe à leur fureur mon épouse et mon fils;
De ces tigres préviens la rage frémissante:
Frappe....

CÉPHISE.

Vous me glacez d'horreur et d'épouvante!

ANDROMAQUE.

Tels furent ses adieux. Juge de ma terreur
Quand j'entendis rugir ces tigres en fureur;
Lorsqu'au sein de la nuit leurs sanglantes cohortes
De nos palais brûlans enfoncèrent les portes!
Je poussai jusqu'au ciel de lamentables cris;
Les Grecs vont se baigner dans ton sang, ô mon fils!
Mourons, mourons ensemble, et prévenons leur rage.
J'invoque Hector le cœur plein d'un affreux courage,
Et ma main sur mon fils lève un poignard! Hélas!
Il implorait sa mère, il me tendait les bras.
J'allais frapper.... Je tremble, et tout mon sang se glace;
C'est en vain que je veux rappeler mon audace;
Mes yeux d'un voile épais s'enveloppent soudain:

Je frissonne.... Le fer échappe de ma main,
Et je tombe mourante aux pieds de la victime.
Ma force, par degrés, cependant se ranime;
D'armes et de guerriers j'entends un bruit confus.
Je porte autour de moi mes regards éperdus;
De soldats menaçans je me vois entourée:
Mon fils a disparu; ma garde est massacrée.
On m'emporte, et mes pleurs et mes cris douloureux
Redemandaient mon fils, l'objet de tous mes vœux.
Mais, soit que le soldat, enivré de carnage,
Sur cet enfant dès-lors ait assouvi sa rage,
Soit que pour mon supplice on retarde sa mort,
Les Grecs ne daignent pas m'instruire de son sort;
Dans mon cœur on nourrit de mortelles alarmes,
Et leur férocité se repaît de mes larmes.

CÉPHISE.

Madame, cependant l'excès de vos malheurs
Semble avoir désarmé ces farouches vainqueurs:
Pyrrhus a dépouillé son naturel sauvage;
Il adoucit pour vous l'horreur de l'esclavage;
Du poids de son orgueil loin de vous accabler,
Lui-même, dans vos maux, cherche à vous consoler:
C'est lui qui dans ces lieux (pouviez-vous y prétendre?)
Permet que d'un époux vous honoriez la cendre;
Que dis-je? il vous prévient, et ses soins assidus....

ANDROMAQUE.

Que m'importent ses soins si mon fils ne vit plus?
Tu vantes ses bienfaits, sa clémence, et j'ignore
Les malheureux destins d'un enfant que j'adore.
Je crois déjà le voir, éploré, gémissant,
Environné de Grecs avides de son sang....
Déjà d'affreux bourreaux.... O mère infortunée!

Tu savais de ton fils l'affreuse destinée ;
Tu pouvais, le serrant tendrement dans tes bras,
Te couvrir avec lui des ombres du trépas,
Et terminant soudain nos malheurs et sa vie,
Le dérober aux traits d'un vainqueur en furie.
Pardonne à ma faiblesse, Hector! ah! cher époux!
Non, ma main sur ton fils n'a pu porter ses coups.
Hélas! si j'ai trahi ta volonté dernière,
Hector, songe du moins, songe que j'étais mère.
Mais je vois Phynéas.

SCENE II.

ANDROMAQUE, CÉPHISE, PHYNÉAS.

ANDROMAQUE.

Mon fils, sans doute, est mort;
Daignera-t-on du moins m'instruire de son sort?

PHYNÉAS.

Autour de ces remparts, au centre de la ville,
Il n'est point de réduit, d'obscur et sombre asile
Où pour le découvrir Pyrrhus n'ait pénétré :
Il revenait enfin, confus, désespéré,
Lorsqu'il apprend qu'on voit au loin dans la campagne
Enée et des Troyens qu'Antenor accompagne;
Que l'un porte ses dieux, son père, et qu'Antenor
Conduit un jeune enfant qu'on croit le fils d'Hector;
De ses Thessaliens il dépêche l'élite;
Phénix est à leur tête, on vole à sa poursuite;
On doit le ramener sans livrer de combats.

CÉPHISE.

Vous reverrez bientôt Astyanax.

ANDROMAQUE.

Hélas !

Céphise, se peut-il ?

CÉPHISE.

Quel trouble inconcevable!

ANDROMAQUE.

Que tout ce qu'il me dit me confond et m'accable !

PHYNEAS.

Et cependant Pyrrhus, pour prix de tant de soins,
Demande en suppliant que vous daigniez du moins
Déposer votre haine et souffrir sa présence.
Venez ; ne trompez point sa plus chère espérance :
Ce tombeau....

ANDROMAQUE.

Ce tombeau peut-il m'être envié ?
Se repent-on déjà d'un instant de pitié,
Et ne puis-je en ces lieux finir ma triste vie ?

PHYNÉAS.

Vous ? madame! ah ! perdez cette cruelle envie :
Venez ; voyez Pyrrhus.

ANDROMAQUE.

Non, je meurs en ces lieux.

PHYNEAS.

Vos destins vont changer, j'en atteste les Dieux.

ANDROMAQUE.

Mes destins ?

PHYNÉAS.

Le vainqueur à vos pieds met ses armes;
Saisi d'un feu secret, en voyant tant de charmes,
Pyrrhus a soupiré pour la première fois,
Et son cœur pour toujours se soumet à vos lois :
Il brave tous les Grecs et les cris d'Hermione ;

Il veut sur votre front attacher sa couronne;
Trop heureux que sa main puisse essuyer vos pleurs!
Qu'il tarde à son amour de finir vos malheurs!
Venez, d'un prompt hymen la chaîne fortunée...

ANDROMAQUE.

Dieux puissans! à quels maux suis-je donc condamnée?
Quel crime ai-je commis? pourquoi m'accablez-vous?
Oui, la perfide Hélène a trahi son époux;
Oui, Pâris a brûlé d'une flamme adultère;
Mais moi, moi que poursuit votre injuste colère...

PHYNÉAS.

Leur colère s'appaise, et l'hymen en ce jour...

ANDROMAQUE.

Quel exécrable hymen! quel odieux amour!

PHYNÉAS.

Qu'ai-je entendu, madame? ô ciel! puis-je le croire?
Rejeter un hymen qui vous comble de gloire,
Tel que Troie et Priam, s'ils existaient encor,
N'oseraient l'espérer pour la veuve d'Hector;
Qui range sous vos lois toute la Thessalie,
Et dont le nœud brillant vous attache et vous lie
A l'auguste Thétis, aux puissans Dieux des mers...
Hélas! considérez vos funestes revers...

ANDROMAQUE.

Qui, moi je trahirais un époux que j'adore!
Je m'unirais au tigre, au monstre que j'abhorre,
Assassin de Priam, destructeur d'Ilion!
Ah! je frémis d'horreur et d'indignation.
Va, quelque soit sa rage affreuse, impitoyable,
Dis-lui que je le hais, que je suis implacable;
Que la cendre d'Hector est d'un prix à mes yeux
Au-dessus de Pyrrhus et de tous ses ayeux;

Que j'ose préférer cette tombe à son trône,
L'esclavage, les fers au don de sa couronne;
Que le barbare enfin m'arrachera le jour
Avant que je réponde à son fatal amour.

CÉPHISE.

Hélas! prenez pitié du trouble qui l'égare...

PHYNÉAS.

Je tremble, je frémis du coup qui se prépare;
Retardons-le du moins, et cachons à Pyrrhus
Ses mépris outrageans, ses indignes refus:
Mais qu'elle dompte enfin cet orgueil inflexible;
Qu'elle tremble, Céphise; impatient, terrible,
Dans le sang de son fils Pyrrhus peut en ce jour
Assouvir sa colère et venger son amour.

SCENE III.

ANDROMAQUE, CÉPHISE.

CÉPHISE.

Que faites-vous? ô ciel! vous vous perdez, madame:
Ah! surmontez l'effroi qui règne dans votre ame.

ANDROMAQUE.

O mon fils! c'en est fait.

CÉPHISE.

Quels projets inhumains!
Hé quoi! lorsque son sort, madame, est dans vos mains;
Quand Pyrrhus, plein d'amour...

ANDROMAQUE.

N'achève pas, cruelle;
Penses-tu voir jamais Andromaque infidelle?
Et de tes mains aussi mon cœur est déchiré!

Tu veux que je trahisse un époux adoré,
Que je serre à tes yeux une chaîne funeste,
Qui fait frémir son ombre et que mon cœur déteste.
Lorsqu'on m'a proposé cet hymen plein d'horreur,
Ah! ce n'est point l'effet d'une aveugle terreur!
J'ai vu trembler sa tombe; oui, ce marbre immobile
A paru s'ébranler au nom du fils d'Achille;
J'ai couru tout-à-coup à ce tombeau divin:
Le marbre était brûlant, il échauffait mon sein;
Et j'ai cru même entendre, ô prodige incroyable!
Dans le fond du cercueil une voix lamentable,
Un long gémissement.... c'était la voix d'Hector!
Ce cri plaintif.... ah! Dieux! je crois l'entendre encor!
Oui, c'est toi, cher époux; c'est ta voix qui m'appelle:
J'y vole; je te suis dans la nuit éternelle.

CÉPHISE.

Et toi, triste victime, ô malheureux enfant!
C'en est fait, on te livre à la mort qui t'attend!
Mon cher Astyanax, objet de ma tendresse,
O toi dont j'ai reçu la première caresse,
Cher enfant, dont ma main soutint les premiers pas!
Quand Céphise, en naissant, te reçut dans ses bras,
Malheureuse! son cœur en palpitant de joie,
Te promettait l'Empire et le sceptre de Troie.
Ah! pouvais-je prévoir qu'en ce jour plein d'effroi,
Les hommes et les Dieux s'armeraient contre toi?
Que tes charmes divins, tes pleurs, ton innocence,
Ne pourraient adoucir les traits de leur vengeance;
Que tous les cœurs seraient fermés à la pitié;
Qu'il ne te resterait que ma seule amitié:
Elle gémit en vain, mon cœur en vain frissonne,
Ta mère même, ah ciel! ta mère t'abandonne.

ANDROMAQUE.

Qui? moi l'abandonner! courons sauver mon fils :
Viens... Que dis-je?... Où courir? que faire?... Je frémis.
Malheureuse! je sens que ma raison se trouble;
L'horreur qui m'environne à chaque instant redouble.
L'instant fatal approche....

CEPHISE.

Ah! Dieux! voici Pyrrhus.
Madame, rappelez vos esprits éperdus;
N'irritez pas du moins sa superbe colère;
Qu'Astyanax en vous retrouve encor sa mère.

SCENE IV.

ANDROMAQUE, CÉPHISE, PYRRHUS.

PYRRHUS.

Madame, pardonnez si j'ose dans ces lieux
Faire entendre ma voix et m'offrir à vos yeux;
Mais Phynéas deux fois a vu couler vos larmes;
Il a rempli mon cœur des plus vives alarmes :
De votre désespoir il m'a peint les excès,
Et j'en viens prévenir les funestes effets;
Non que j'ignore, hélas! que ma seule présence
A vos yeux irrités est encor une offense,
Que vous me haissez, et que votre douleur
Se fait de moi, madame, un portrait plein d'horreur;
Mais je brûlais enfin de détromper votre ame.
Hélas! quand vous saurez le zèle qui m'enflamme,
Combien je suis touché de vos mortels ennuis,
Quel intérêt je prends à vous, à votre fils,
Peut-être désarmant votre injuste colère,

Obtiendrai-je, madame, un regard moins sévère?

ANDROMAQUE.

Seigneur... Je tremble... Ah! Dieux! Céphise, soutiens-moi.

PYRRHUS.

Qu'ai-je dit qui vous puisse inspirer tant d'effroi?
Est-ce moi, malheureux, qui cause votre peine?
Quoi! même en vous servant j'excite votre haine!

CEPHISE.

Quand la crainte, seigneur, a glacé ses esprits,
Andromaque voulait s'informer de son fils;
Son cœur infortuné tremble qu'un coup funeste
N'enlève à son amour le seul bien qui lui reste.

PYRRHUS.

Rassurez-vous, madame; oui, j'espère en ce jour
Remettre dans vos bras l'objet de votre amour:
J'ai commandé Phénix... Mais on vient... c'est lui-même.

SCENE V.

ANDROMAQUE, CÉPHISE, PYRRHUS, PHÉNIX.

PYRRHUS.

Hé bien, Astyanax?

PHÉNIX.

Ma douleur est extrême,
Seigneur; on s'est trompé; j'ai reconnu l'erreur.
Suivi de vos guerriers, j'ai couru plein d'ardeur
Au pied du mont Ida; j'atteins le brave Enée;
Dispersant des Troyens la troupe consternée,
Et repoussant leur chef qui combattait encor,
Nous saisissons l'enfant conduit par Agénor:
Je le prends dans mes bras; mais au milieu des armes,

En se frappant le sein, un vieillard tout en larmes
Hâte ses pas tremblans, se jette à mes genoux,
Les embrasse, et demande à périr sous mes coups,
A moins que ma pitié sensible à sa disgrace
Ne lui rende son fils, seul espoir de sa race.
Je reconnais Anchise et ses cheveux blanchis;
L'enfant que j'enlevais, seigneur, était son fils.
Je remets au vieillard l'objet de sa tendresse,
Et je reviens confus, accablé de tristesse,
Vous rendre compte, hélas! d'un zèle infructueux.

ANDROMAQUE.

Mon fils! quel est ton sort?

CÉPHISE.

Cher enfant!

PYRRHUS.

Malheureux!
Va, Phénix, laisse-nous. (*Il sort.*)
Eh bien! voyez, madame,
Voyez couler mes pleurs et lisez dans mon ame:
Pouvez-vous me haïr? suis-je encor à vos yeux
Un ennemi barbare, un vainqueur odieux?
Pensez-vous que mon cœur soit né pour la vengeance?
Ah! ciel!

ANDROMAQUE.

C'en est donc fait, je n'ai plus d'espérance!
Mon cher Astyanax!

SCÈNE VI.

ANDROMAQUE, CÉPHISE, PYRRHUS, PHYNÉAS.

PHYNEAS.

Dans tout le camp, seigneur,
En ce moment s'élève une grande rumeur :
On accuse Pyrrhus d'avoir une faiblesse;
De lui sacrifier l'intérêt de la Grèce :
On dit qu'Ulysse enfin...

PYRRHUS.

Je frémis à ce nom.

PHYNÉAS.

A porté la terreur au sein d'Agamemnon ;
Et je sais que nos chefs osent, en votre absence,
Traiter secrètement quelqu'objet d'importance.
On va régler sans vous le sort d'Astyanax.
Je vois la trahison ; Ulysse et les Ajax
A tous les yeux, seigneur, cachent sa destinée,
Jusqu'à ce que sa mort, par Calchas ordonnée...

PYRRHUS.

Sa mort!... on me l'enlève... on fait parler Calchas!
On veut que les Dieux même ordonnent son trépas.
Quel indigne artifice! Et c'est moi qu'on affronte!
Et l'on trame en secret sa ruine et ma honte.
Me connait-on? Sait-on qu'en ma juste fureur
Je remplirai la Grèce et de sang et d'horreur?...
Mais, crois-tu, qu'en effet, pour prix de mon courage,
On m'ose réserver un si sanglant outrage?
Ah! pour perdre un enfant, quels complots odieux!
Ils pensent m'imposer en s'appuyant des Dieux;

Mais les Dieux sont pour lui ; j'en réponds. Oui, madame,
Vous connaîtrez enfin le zèle qui m'enflamme :
Je brave tous les Grecs, je vole à son secours,
Heureux de vous servir aux dépens de mes jours.

ANDROMAQUE.

Et nous, courons, Céphise ! Ah ! mortelles alarmes !
Ils se rendront peut-être à mes cris, à mes larmes !
Viens me voir éperdue, embrassant leurs genoux,
Mourir ou désarmer leur funeste courroux.

FIN DU SECOND ACTE.

ACTE TROISIÈME.

SCENE PREMIERE.

ANDROMAQUE, CÉPHISE.

ANDROMAQUE.

Ne me suis point, Céphise ; à tes avis docile,
J'ai paru sans courroux devant le fils d'Achille ;
Tu sais si j'ai bravé son amour et ses feux :
J'ai fait tes volontés, accomplis donc mes vœux.
Va, je dois profiter des momens qu'on me laisse.

CÉPHISE.

C'est vous qui m'éloignez ! ma présence vous blesse !
Depuis quand suis-je donc importune à vos yeux ?

ANDROMAQUE.

Ne puis-je rester seule un moment dans ces lieux ?

CÉPHISE.

Quel funeste sang-froid ! qu'il m'effraie ! Ah ! madame !

ANDROMAQUE.

Va, ne t'alarme point ; la paix est dans mon ame.
Tout change, enfin : voici le terme de mes maux ;
J'unis ma destinée à celle d'un héros.

CÉPHISE.

Eh ! de qui parlez-vous ?

ANDROMAQUE.

Quoi ! mon hymen s'apprête ;
Je dois me disposer pour cette auguste fête.

Les momens me sont chers ; c'est trop me retarder,
Céphise ; ai-je perdu le droit de commander ?

CÉPHISE.

Quel est donc le projet que votre esprit médite ?
Ah ! cruelle, pourquoi faut-il que je vous quitte ?

ANDROMAQUE.

Je dois remplir ici des soins religieux,
Appaiser mon époux, ma patrie et les Dieux.

CÉPHISE.

Mon cœur ne peut-il donc partager....

ANDROMAQUE.

Non, Céphise ;
A ces nouveaux devoirs tu ne peux être admise.

CÉPHISE.

Je ne vous quitte point. Vous me glacez d'effroi.

ANDROMAQUE.

Eh ! faut-il que Pyrrhus soit plus humain que toi ?
Pour rendre le ciel même à son hymen propice,
Il permet qu'en ces lieux je fasse un sacrifice.

CÉPHISE.

Quel est ce sacrifice ? expliquez-vous ; parlez :
A mon ame éperdue, à mes sens désolés,
Nommez donc la victime. Ah ! je le vois, barbare !
Je vois le coup affreux que votre main prépare....
Si votre ame est sensible aux cris de l'amitié ;
Si j'ai droit d'en attendre encor quelque pitié,
Ah ! retardez du moins un instant si funeste.
Je n'ose vous parler de l'espoir qui vous reste :
Trop faible espoir, hélas ! Mais, quel que soit son sort,
De votre fils, enfin, rien n'atteste la mort :
Le ciel à tous les yeux cache sa destinée.
Attendez....

ANDROMAQUE.

J'attendrai qu'un fatal hyménée
Jette sur moi sa chaîne, et qu'un tigre cruel
M'arrache de ces lieux et me traîne à l'autel,
Ou que mon désespoir irritant sa furie,
Jusqu'aux derniers excès pousse sa barbarie!
Tu vois mon sort affreux; tu me chéris, hélas!
Et tu peux retarder l'instant de mon trépas!
Va, je ne sens que trop tes mortelles alarmes:
Cache-moi tes regrets, tes soupirs et tes larmes;
Ils déchirent mon cœur. Céphise, éloigne-toi;
Ces momens sont trop pleins de douleur et d'effroi.

CÉPHISE.

Non, je meurs avec vous; j'abhorre la lumière:
Laissez-moi me frapper et mourir la première.

ANDROMAQUE.

Il me manquait encor de voir couler ton sang;
Mais j'entends quelque bruit, et mon cœur frémissant...
Que vois-je? se peut-il?

SCÈNE II.

ANDROMAQUE, CÉPHISE, THESTOR.

ANDROMAQUE.

Quoi! c'est vous que j'embrasse!
Je vous revois! les Dieux m'accordent cette grace!
Quelle joie! Et mon cœur la connaîtrait encor!
Tendre et fidèle ami, vous que chérit Hector,
Hélas!... Thestor... son fils...

THESTOR.

Qu'une tête si chère

A dû coûter de pleurs à la plus tendre mère!

ANDROMAQUE.

O tendresse! ô douleur! ô regrets superflus!

THESTOR.

Puis-je ici m'expliquer? sommes-nous entendus?

ANDROMAQUE.

Ces lieux sont sûrs : parlez; quel secret...:

THESTOR.

Ah! madame!

Partagez les transports qui remplissent mon ame!
Votre fils...

ANDROMAQUE.

Quoi! mon fils?

THESTOR.

Il vit.

ANDROMAQUE.

Il voit le jour?

O ciel!

THESTOR.

Oui, j'ai sauvé l'objet de votre amour.
On croyait que les Grecs, las d'un siège inutile,
Fuyaient sur leurs vaisseaux; Pergame était tranquille;
Déjà la nuit s'avance et nous livre au sommeil.
Quel funeste repos! et quel affreux réveil!
J'entends des cris confus de douleur et de rage;
Nos murs sont embrasés ou fument de carnage.
Malheureux Ilion! la mort est dans ton sein.
Je frémis, je m'empresse, et, le fer à la main,
Furieux, égaré, poussant des cris funèbres,
A la lueur du feu je cours dans les ténèbres :
Trois Grecs m'osent attendre; ils tombent sous mes coups.
« Dieux! par ce vain succès que me promettez-vous,

M'écriai-je! que faire? inspirez mon audace!
Hector lui-même, Hector, au sort qui nous menace,
Opposerait en vain les plus vaillans secours.
Ah! de son fils du moins je sauverai les jours. »
Rempli d'un doux espoir, je sentis qu'un Dieu même
Inspirait à mon cœur un heureux stratagême;
De l'un de ces trois Grecs, à mes pieds expirans,
Je revêts la dépouille et les habits sanglans,
Et je vole soudain, déguisé sous ces armes,
Au lieu qui renfermait l'objet de mes alarmes.
Dans la foule des Grecs, en imitant leurs cris,
Je m'enfonce à travers les morts et les débris.
Du palais tout-à-coup Pyrrhus brise la porte;
Je m'élance avant lui, mon zèle me transporte:
Saisissant dans mes bras le jeune fils d'Hector,
A ses regards distraits j'enlève ce trésor;
Je fuis par ces détours dont la secrette issue,
Pratiquée avec art, se dérobe à la vue.
Près des remparts enfin, vous voyez cette tour,
Noir et profond asile, impénétrable au jour;
C'est là, c'est dans son sein qu'à nos Dieux je confie
Votre bien, mon bonheur, l'espoir de ma patrie.

ANDROMAQUE.

Quoi! Thestor, quoi! mon fils est sauvé par vos mains!
Mais descendons au fond de ces noirs souterrains;
Courons....

THESTOR.

Ciel! arrêtez! Eh! madame, de grace...

ANDROMAQUE.

Non, je veux voir mon fils; il faut que je l'embrasse:
Seul, et tremblant au sein d'un cachot plein d'horreur,
Mes caresses, mes soins vont rassurer son cœur.

THESTOR.

Je l'ai sauvé ; faut-il qu'une folle imprudence
A de nouveaux dangers expose son enfance?
On peut vous voir entrer dans cè fatal réduit,
De votre empressement sa mort serait le fruit.

ANDROMAQUE.

Mais comment le tirer de ce profond abîme?
Comment tromper les Grecs et ravir leur victime?
Et s'il échappe enfin de ce lieu plein d'effroi,
Fugitif, inconnu, loin de Troie, et sans moi,
Quels seront ses destins? quelle terre étrangère...

THESTOR.

Rassurez-vous ; la nuit, favorable au mystère,
La nuit, qui l'a sauvé, va le sauver encor.
Enée au bord des mers attend le fils d'Hector :
Dans l'île de Samos, au sein de l'opulence,
Je pourrai sans péril élever son enfance,
L'instruire à vous venger, et peut-être qu'un jour
Ses cruels ennemis trembleront à leur tour.
Mais quittez avec nous ce funeste rivage;
Osez vous affranchir d'un indigne esclavage :
Tentons quelques moyens, vous connaissez ma foi.

ANDROMAQUE.

Que dites-vous? ah ciel! fuyez, redoutez-moi ;
Redoutez le malheur que ma présence attire,
Et craignez jusqu'à l'air qu'Andromaque respire.
Laissez-moi dans ces lieux accomplir mes destins ;
Vous, Thestor, achevez l'ouvrage de vos mains.
Sauvez, sauvez mon fils, et servez-lui de père :
Qu'il accorde une larme aux cendres de sa mère
Pour tant de maux qu'il coûte à son cœur gémissant ;
Mais que le nom d'Hector lui soit toujours présent :

Qu'à la vertu ce nom le rappelle sans cesse.
Adieu, mon cher Thestor, quittons-nous, le tems presse;
Adieu. Puisse le ciel désarmer son courroux !

THESTOR.

Et je vous quitterais ! je partirais sans vous !

ANDROMAQUE.

Fuyez, ne tardez plus, je tremble, je frissonne ;
On peut vous voir : l'horreur, la mort nous environne.
Pyrrhus en ce moment va paraître en ces lieux ;
J'entends du bruit, on vient, fuyez, fuyez.

THESTOR.

Ah Dieux!

SCENE III.

ANDROMAQUE, CÉPHISE, PHYNÉAS.

PHYNÉAS.

Vos pleurs ne peuvent plus ranimer cette cendre ;
Venez, suivez mes pas ; c'est trop vous faire attendre.
Je connais votre cœur, je vois tous ses combats :
Dans ce fatal réduit Pyrrhus portait ses pas,
J'ai retenu deux fois sa juste impatience;
Mais ce retard devient une cruelle offense.
Redoutez un héros, ardent, impétueux,
Qui ne connut jamais d'obstacles à ses vœux ;
Cédez à vos destins : déjà toute l'armée
De votre auguste hymen, madame, est informée ;
Pyrrhus veut que tout rende hommage à vos appas ;
Il brave Agamemnon, Ulysse, Ménélas :
Il met sur votre front la brillante couronne
Qu'attendait chaque jour l'orgueilleuse Hermione.

Quelle gloire pour vous! quel triomphe éclatant!
Pouvez-vous différer ce glorieux instant?
Déjà l'autel, chargé des plus riches offrandes,
Brille orné de flambeaux, entouré de guirlandes :
L'encens et les parfums qui montent jusqu'aux cieux
A cette auguste fête invitent tous les Dieux :
Thétis même déjà sous la voûte sacrée,
Dans un nuage d'or à nos yeux s'est montrée.
Voulez-vous qu'elle soit témoin de vos refus?
Quel affront! pensez-y; venez, ne tardez plus.

ANDROMAQUE.

Je n'abandonne point ce doux et cher asile.

PHYNÉAS.

Ah! madame, tremblez, voici le fils d'Achille.

SCENE IV.

ANDROMAQUE, PYRRHUS, CÉPHISE, PHYNÉAS.

ANDROMAQUE.

O terre! entr'ouvre-toi, cache-moi dans ton sein.

PYRRHUS.

Quel vœu fatal, ô ciel! et quel affreux dessein!
Quoi! madame, est-ce encor l'effet de ma présence?
N'aurais-je donc conçu qu'une vaine espérance?
Vos yeux, adoucissant leur funeste courroux,
Me promettaient sans doute un traitement plus doux;
Et loin de rejeter mes vœux et mon hommage,
Votre silence même approuvait mon langage.
Aurais-je dû penser que vous le méprisiez;
Que Pyrrhus, déposant sa couronne à vos pieds,

Ne pourrait adoucir cette haine inflexible;
Qu'à tant d'amour enfin votre cœur insensible
Eloignerait l'instant où l'hymen et ses feux...?

ANDROMAQUE.

Ce mot seul sur mon front fait dresser mes cheveux!

PYRRHUS.

Que dites-vous? madame! et quel secret murmure
Semble encor m'annoncer quelque nouvelle injure?
Parlez...

ANDROMAQUE.

Hector! Hector! ô cher et tendre époux!

PYRRHUS.

Pour regretter Hector, quel moment prenez-vous?

ANDROMAQUE.

Hé! n'est-il pas toujours présent à ma pensée?
Sa chère image, hélas! n'en peut être effacée.

PYRRHUS.

Fiez-vous à mes soins, croyez que mon ardeur...

ANDROMAQUE.

Rien ne pourra jamais l'arracher de mon cœur :
Mes yeux fondent en pleurs au lever de l'aurore;
Au coucher du soleil, hélas! je pleure encore :
Je le cherche au milieu des ombres de la nuit;
Dans les bras du sommeil son image me suit :
Tout retrace à mes yeux, à ma foi tout rappelle
Hector, ce digne objet d'une flamme immortelle.

PYRRHUS.

Quel étrange discours! quoi! madame! au moment
Où les feux de l'hymen brûlent pour votre amant,
Voulez-vous essayer jusqu'où va ma faiblesse?
Ah! c'est trop abuser de ma folle tendresse :
J'en rougis. C'en est fait : non, mes empressemens

Ne peuvent supporter ces vains retardèmens.
Venez; il faut me suivre... Hésitez-vous, madame?
Ne répondez-vous point à l'ardeur qui m'enflamme?
Pensez-vous que je puisse endurer un refus
Et souffrir vos mépris? Connaissez mieux Pyrrhus.
Tremblez...

ANDROMAQUE.

Oui, je connais ta funeste colère :
Je t'ai vu massacrer mes frères et mon père,
Traîner par les cheveux un malheureux vieillard,
Et dans ses flancs toi-même enfoncer le poignard.
Je sais tout ce qu'on doit attendre de ta rage;
Mais le péril croissant augmente mon courage.
Apprends que je dédaigne et ton sceptre et ta foi,
Que ton amour affreux glace mon cœur d'effroi;
Qu'aux mânes d'un époux, sans cesse plus fidelle,
Je te garde, barbare, une haine immortelle;
Que les tourmens, la mort, le plus cruel trépas,
N'égalent point l'horreur de me voir dans tes bras.
Tonne, éclate, arme-toi d'une rage inutile;
Va, la veuve d'Hector brave le fils d'Achille.

PYRRHUS.

Quel coup de foudre, ô ciel! je reste confondu!
A tant d'indignités me serais-je attendu?
Moi, qui pour elle aurais cent fois donné ma vie!
Des princes assemblés j'ai bravé la furie :
Mes feux ont éclaté; je hâte avec transport
La pompe d'un hymen qui l'unit à mon sort;
Elle semble approuver l'ardeur qui me consume,
Et sa haine à mes yeux tout-à-coup se rallume,
Et vomit contre moi tous les noms odieux
Qu'inspirent et l'horreur et le mépris... Grands Dieux!

A quelle extrémité veut-on que je me porte?
Je sens que la fureur malgré moi me transporte,
Je priais en amant; je commande en vainqueur.
Esclave! obéissez; redoutez ma fureur,
Ou pour mieux me venger d'un refus téméraire...

(Il fait quelques pas pour se saisir d'Andromaque.)

ANDROMAQUE.

(Elle se retire armée d'un poignard qu'elle tient sur son sein.)

Mon sort est dans mes mains; je brave ta colère.

CÉPHISE.

Andromaque!

PHYNÉAS.

Grands Dieux!

PYRRHUS.

Dieux! quel fatal moment!
Arrêtez! pardonnez aux fureurs d'un amant:
Otez ce fer! Ah! ciel! je frémis! je frissonne!
Qu'Andromaque une fois s'appaise et me pardonne,
Ou du moins contre moi tournez votre courroux;
Voilà mon sein; frappez, frappez, j'attends vos coups.

SCENE V.

ANDROMAQUE, PYRRHUS, ULYSSE, CÉPHISE, PHYNÉAS.

ULYSSE.

Quel spectacle, grands Dieux! que faut-il que j'en croie?
Le plus vaillant des Grecs, le destructeur de Troie,
Le fils d'Achille aux pieds de la veuve d'Hector!
A quels nouveaux malheurs faut-il s'attendre encor?
Et doit-on s'étonner si le ciel et la terre,
Contre nous irrités, nous déclarent la guerre;

Si les mânes d'Achille enflammés de courroux,
Sortant de leur tombeau s'élèvent contre nous?

PYRRHUS.

Quoi! mon père!

ULYSSE.

Votre ame en doit être alarmée.
J'ai vu, seigneur, j'ai vu frémir toute l'armée.
Pour obtenir des Dieux qu'un sûr et prompt retour
Nous rende à la patrie, objet de notre amour,
Calchas au bord des mers offrait un sacrifice,
Et d'abord à nos vœux tout semble être propice.
Mais, ô crainte! ô prodige! atteint du coup mortel,
A peine le taureau tombe au pied de l'autel,
Qu'on entend tout-à-coup au centre de la terre,
Un bruit affreux semblable aux éclats du tonnerre;
Le ciel même y répond par des mugissemens;
L'Ida s'est ébranlé jusqu'en ses fondemens:
Les rochers détachés du sommet des montagnes,
Roulent avec fracas au milieu des campagnes:
Le bois sacré gémit; l'Empire de Thétis
Annonce en frémissant l'approche de son fils;
La mer s'ouvre, mugit, vomit au loin ses sables,
Et découvre du Styx les rives lamentables.
Achille, furieux, de son tombeau soudain
S'élance armé d'éclairs et la foudre à la main.
J'ai vu pâlir Calchas. La foule, consternée,
Dans un mortel effroi demeurait prosternée.
Parmi le bruit des vents, du tonnerre et des flots,
La voix d'Achille enfin fait entendre ces mots:
« Allez, partez, ingrats, et négligez de rendre
Les tributs, les honneurs que l'on doit à ma cendre;
Laissez, laissez ces tours que défendait Hector,

Dominer sur ma tombe et me braver encor.
Mes mânes attendaient quelques grandes victimes ;
Mais de nos vastes mers repassez les abîmes ;
Allez, dis-je, oubliez ce que j'ai fait pour vous ;
Ingrats, vous sentirez le poids de mon courroux. »
L'ombre, à ces mots, descend en menaçant l'armée,
Et la tombe à nos yeux enfin s'est refermée.
Les vents s'appaisent, l'onde a calmé ses fureurs ;
Mais le trouble et l'effroi règnent dans tous les cœurs.

PYRRHUS.

O prodige incroyable ! O mânes de mon père !
Achille, hélas ! qui peut enflammer ta colère ?
Ton marbre chaque jour est mouillé de mes pleurs ;
Tous les Grecs sont témoins de mes vives douleurs.
Aurais-je donc quitté ce funeste rivage
Sans offrir à ta cendre un libre et pur hommage ?
Hélas ! tu connaissais ma tendresse, ma foi.
Mon père ! se peut-il ?... Mais, vous, répondez-moi :
Pourquoi m'a-t-on caché ce fatal sacrifice ?
Je crains.... Vous respirez la fraude et l'artifice :
Oui.... Mais, quelle rumeur ! quels cris !

ULYSSE.

En doutez-vous ?
Pour appaiser Achille et son ombre en courroux,
Les Grecs vont consommer la ruine de Troie :
Le feu de tout côté s'étend et se déploie.

ANDROMAQUE.

La force m'abandonne. Ah ! le ciel en fureur
Veut me voir en ce jour expirer de douleur.

PYRRHUS.

Barbare !

ULYSSE.

Quoi! seigneur, les soupirs d'une femme,
Ses pleurs auraient assez d'empire sur votre ame,
Pour étouffer en vous la voix même du sang;
Voyez, voyez un père, Achille frémissant...

PYRRHUS.

Arrête, et tremble enfin d'irriter ma colère:
C'est à moi d'appaiser les mânes de mon père;
A moi seul appartient ce soin religieux.
Toi, qui veux m'enlever un droit si précieux,
Toi, qui des Grecs sans doute armas les mains rebelles,
Viens, si tu l'oses, viens embrasser leurs querelles.

ULYSSE.

Quel funeste courroux! O divine Pallas!
En ce pressant danger ne m'abandonne pas!

SCÈNE VI.

ANDROMAQUE, CÉPHISE.

ANDROMAQUE.

Ah! mon fils va périr consumé dans les flammes!

CÉPHISE.

Non, non, l'espoir encor peut rentrer dans nos ames:
Pyrrhus va réprimer ces complots odieux.

ANDROMAQUE.

Qui pourrait appaiser leurs transports furieux?
Qui pourrait contenir la fureur et la joie
De ces Grecs acharnés sur les débris de Troie?
Le bruit redouble. Ah! Dieux! quel tumulte! quels cris!
On assiège la tour... on l'embrase... O mon fils!

FIN DU TROISIÈME ACTE.

ACTE QUATRIÈME.

SCENE PREMIERE.

THESTOR, *seul.*

O CHER Astyanax ! ton asile est en cendre;
Reconnu, poursuivi jusqu'au bord du Scamandre,
Je n'ai pu te prouver et mon zèle et ma foi,
Te sauver, cher enfant, ou périr avec toi.
Que devient Andromaque en sa douleur mortelle?
Mais Céphise revient toute en pleurs et sans elle.
C'en est fait, nos malheurs sont au comble.

SCÈNE II.

THESTOR, CÉPHISE.

CÉPHISE.

Ah! Thestor!
Malheureuse! et je vis, et je respire encor!

THESTOR.

Andromaque?

CÉPHISE.

A l'aspect de la tour enflammée,
Elle accourt, je la suis; une épaisse fumée
La dérobe à mes yeux, et je pousse des cris:
« Sauvez, cruels, sauvez Andromaque et son fils,
Et redoutez Pyrrhus. » Mais au nom d'Andromaque,

Au nom du fils d'Hector, le cruel roi d'Ithaque,
« Laissez agir les Dieux, dit-il à ses soldats,
Le ciel même nous venge et les livre au trépas. »

THESTOR.

Barbare!

CÉPHISE.

En ce moment, sous la tour embrasée,
Avec son fils, sans doute, elle expire écrasée.

THESTOR.

Et je pourrais survivre à ce malheur affreux!
Non, la mort... Mais, que vois-je?

CEPHISE.

Andromaque! grands Dieux!

SCENE III.

ANDROMAQUE, CÉPHISE, THESTOR, ASTYANAX.

ANDROMAQUE *tenant son fils dans ses bras.*

Mon cher Astyanax! est-ce toi que j'embrasse?

THESTOR.

Ils vivent, quel bonheur! ô Dieux! je vous rends grace.

ANDROMAQUE.

Oui, c'est moi, c'est ta mère, hélas! sèche tes pleurs,
Calme tes sens, mon fils... O mon fils!... je me meurs.

CÉPHISE, *secourant Andromaque.*

Hélas!

THESTOR *prenant Astyanax dans ses bras.*

Je te revois, tu vis, ô mon cher maître!
De ses cendres encor Ilion peut renaître.

ANDROMAQUE.

Quel horrible danger! Hector! ah! cher époux!
J'ai vu la voûte en feu prête à fondre sur nous.
Mais volons dans ses bras, livrons à sa tendresse...
Je ne me connais plus... O joie! ô douce ivresse!
Courons... Qu'attendez-vous? Ah! rendez-moi mon fils;
Que je vole...

THESTOR.

Arrêtez! reprenez vos esprits.

ANDROMAQUE.

Mon cœur impatient....

THESTOR.

Quel transport vous égare?
Qu'allez-vous faire? ô ciel!

ANDROMAQUE.

Rendez-le-moi, barbare;
Au sein d'Hector je veux porter mon fils.

THESTOR.

Hélas!
Sans rencontrer les Grecs pouvez-vous faire un pas?

ANDROMAQUE.

Les Grecs.... Ah! j'oubliais l'excès de ma misère!
Les Grecs.... O désespoir! ô malheureuse mère!
Dans un moment, Thestor, ils vont fondre en ces lieux,
L'arracher de nos bras, l'immoler à nos yeux.
Tentons le sort; fuyez.

CÉPHISE.

Quoi! madame, qu'il fuie?
Pourra-il échapper aux vainqueurs en furie?
Ulysse avec sa troupe est dans ce lieu voisin.

ANDROMAQUE.

Que ne puis-je, ô mon fils, te cacher dans mon sein?

Viens dans mes bras ; du moins nous périrons ensemble :

(Elle le reprend des mains de Thestor.)

Que le même tombeau dans son sein nous rassemble !
C'est là mon dernier vœu... N'entends-je pas marcher ?
Céphise, on vient... Ah ! ciel ! où fuir ? où me cacher ?

CÉPHISE.

Je n'entends rien encor.

ANDROMAQUE.

Quels dangers m'environnent !
Et dans mes maux le ciel, Hector, tous m'abandonnent.
Mais, que dis je ? un Dieu parle à mon cœur inspiré.

THESTOR.

Quoi ! quel dessein ?

ANDROMAQUE.

Ouvrons ce marbre révéré :
Ouvrons ; cachons mon fils dans la nuit de la tombe.

(On ouvre le tombeau.)

Nuit sombre ! affreux abîme ! Ah ! Thestor, je succombe !
Une subite horreur fait frémir tout mon corps.
Tu n'as donc plus d'asile enfin que chez les morts,
O mon fils !

THESTOR.

Rejetez un triste et vain présage ;
Les Grecs sont seuls à craindre ; armez-vous de courage.

ANDROMAQUE.

Ne faut-il pas toujours qu'il tombe entre leurs mains ?

CÉPHISE.

Pyrrhus étouffera leurs complots inhumains.

THESTOR.

Je pourrai l'enlever quand la nuit plus tranquille...

ANDROMAQUE.

Hé bien, descends, descends dans ce funèbre asile ;

C'est le seul qui te reste. Ah! malheureuse! Hector,
Au fond de ton cercueil, reçois ce cher trésor;
Cache-le dans ton sein, couvre-le de ta cendre.
Dans ce tombeau, mon fils, hâte-toi de descendre :
Vas, ne crains rien; Thestor, avant l'aube du jour,
Osera t'enlever de ce fatal séjour;
Ou moi-même, s'il tente un effort inutile,
Je reviens à jamais partager ton asile.
Prends courage, mon fils. Adieu. Retirons-nous.

(*On ferme le tombeau.*)

Cher et fidèle ami, je n'espère qu'en vous.

THESTOR.

Que n'oserais-je point dans l'ardeur qui m'anime!

ANDROMAQUE.

Je sens que je succombe au malheur qui m'opprime.

THESTOR.

Armons-nous de courage et d'intrépidité:
Les pleurs ne peuvent rien contre l'adversité;
L'audace et le sang-froid repoussent ses atteintes.

ANDROMAQUE.

Chaque moment me tue et redouble mes craintes.
Je suis mère, et mon cœur...

CÉPHISE.

Ulysse! Ulysse!

ANDROMAQUE et THESTOR *ensemble.*

Ah! Dieux!

CÉPHISE.

Le barbare à grands pas s'avance vers ces lieux.
Vous, suivez ce chemin.

THESTOR.

Ah! je tremble, madame:
Vos craintes vont trahir le secret de votre ame.

ANDROMAQUE.

Fuyez, fuyez, Thestor.

THESTOR.

O Dieux! secourez-nous!

SCÈNE IV.

ANDROMAQUE, CÉPHISE.

CÉPHISE.

Quel trouble affreux, madame? hélas! remettez-vous;
Ulysse approche.

ANDROMAQUE.

O terre! ouvre tes antres sombres;
Hector, cache ton fils jusqu'au séjour des ombres:
Du gouffre des enfers l'immense profondeur
A peine suffira pour rassurer mon cœur.
Le voici: son air faux, sa démarche, ses gestes,
Tout annonce à mon cœur mille pièges funestes.

SCÈNE V.

ANDROMAQUE, ULYSSE, CÉPHISE.

ULYSSE.

L'impérieux destin soumet tout à ses lois;
Son bras de fer contraint les héros et les rois:
Achille est mort lui-même à la fleur de son âge.
Aux volontés du sort cédez avec courage,
Madame, et gardez-vous surtout de m'imputer
L'arrêt qu'au nom des Grecs ma bouche va porter.
Le fils d'Hector respire: auteur de nos alarmes,

Il vit, et les vainqueurs n'osent poser les armes;
Lui seul de notre flotte empêche le retour.
Il faut sacrifier l'objet de votre amour,
Les Grecs à leur départ ne souffrent plus d'obstacle.

ANDROMAQUE.

Votre augure Calchas a rendu cet oracle?

ULYSSE.

Hé! quand il se tairait, Hector parle à mon cœur;
Je connais de son sang l'audace et la valeur:
Axtyanax un jour, trop digne de son père....
Je frémis d'y penser. Hélas! vous êtes mère,
La douleur est injuste et ne réfléchit pas.
Mais songez-y, madame; après tant de combats,
Après dix ans entiers de guerres si funestes,
N'est-il pas tems enfin d'en étouffer les restes.
Un jeune Hector, madame, encor dans le berceau,
De la guerre en ses mains tient déjà le flambeau:
Il peut venir un jour au milieu des tempêtes,
Terrible, et secouant ce flambeau sur nos têtes,
Désoler, ravager, embraser nos climats,
Et porter dans nos murs la flamme et le trépas.
C'est à nous de prévoir les maux qu'il nous prépare:
Je vous demande un fils; vous me nommez barbare;
Mais, madame, songez que pour vaincre Ilion,
Ulysse a demandé le sang d'Agamemnon.

ANDROMAQUE.

O mon fils! plût aux Dieux qu'à ta mère éplorée
Le sort eût découvert ta retraite ignorée!
O secret précieux! tous les Grecs en fureur
En vain pour l'arracher déchireraient mon cœur;
Ils verraient ma constance et ma foi maternelle:
Mon fils, jusqu'au trépas je te serais fidelle.

Hélas! quel est ton sort? dans quels climats lointains
Portes-tu ta douleur et tes pas incertains?
Es-tu mort, étouffé dans les cendres de Troie?
Des vautours affamés ton corps est-il la proie?
Le glaive des vainqueurs a-t-il percé ton flanc?
Des tigres se sont-ils abreuvés de ton sang?

ULYSSE.

Cessez, cessez de feindre; est-ce moi qu'on abuse?
Osez-vous contre moi recourir à la ruse?
Dans cet art dès long-tems Ulysse est consommé:
A ces pièges trompeurs son cœur accoutumé,
Démêlant les détours qu'inventaient leurs tendresses,
A surpris le secret des mères, des Déesses.
Je vous demande un fils, rien ne le peut sauver;
Nommez-moi son asile, ou le dois-je trouver?

ANDROMAQUE.

Où trouverais-je Hector, Priam et tous mes frères,
Et tout mon peuple, objet de mes larmes amères?
Vous n'en cherchez qu'un seul, et je les cherche tous.

ULYSSE.

Ah! madame, tremblez que les Grecs en courroux
Vous obligent enfin à rompre le silence.

ANDROMAQUE.

Tu crois par les tourmens vaincre ma résistance:
Assemble tes bourreaux, approche; viens, cruel,
Exercer ta fureur sur ce cœur maternel;
Frappe, cherche mon fils au fond de mes entrailles;
Traîne-moi comme Hector autour de nos murailles:
Tâche par la douleur d'arracher mon aveu;
Prépare le poison, et le fer et le feu;
Que j'éprouve à-la-fois de ta rage infernale
La faim d'Erésicthon et la soif de Tantale.

Va, je suis au-dessus de ta rage et du sort;
Je brave les tourmens et je chéris la mort.

ULYSSE.

De l'amour maternel je reconnais l'audace;
Il nous instruit, madame, à sauver notre race,
A prévenir la guerre et ces combats sanglans
Dont les Dieux et Calchas menacent nos enfans.
Je défendrai tes jours, ô mon cher Télémaque!
Oui, je découvrirai le secret d'Andromaque.

ANDROMAQUE.

Hé bien! cruel, apprends ce funeste secret:
Il faut donc l'avouer, ton triomphe est parfait.
Oui, porte aux Grecs charmés cette heureuse nouvelle;
Barbares, jouissez de ma douleur mortelle,
Mon fils n'est plus.

ULYSSE.

Comment croire...

ANDROMAQUE.

Il est mort.
Oui, les feux dévorans ont terminé son sort:
Mes yeux l'ont vu périr étouffé dans la flamme.
Ulysse, es-tu content?

ULYSSE.

Vous me trompez, madame.

ANDROMAQUE.

Que le courroux des Dieux me poursuive à jamais,
Que les Grecs indignés du serment que je fais
M'accablent des tourmens dont je suis menacée,
Si ma bouche en impose et trahit ma pensée;
Si, des morts habitant l'affreux et noir séjour,
Mon fils n'est pas privé de la clarté du jour.

ULYSSE.

Du redoutable Hector la race est donc éteinte.
Allons aux Grecs enfin délivrés de leur crainte,
Apprendre de son fils le fortuné trépas.
Quoi, sans témoins, sans preuve?... Ils ne me croiront pas;
Et moi-même, insensé, puis-je en croire une mère?
Pénétrons plus avant dans ce profond mystère.
Que la perte d'un fils doit vous coûter de pleurs!
Mais je vous félicite au sein de vos malheurs.
Hélas! je connaissais sa triste destinée,
Madame; il est heureux de la voir terminée,
D'échapper par sa mort aux vainqueurs furieux.
Si vous saviez...

ANDROMAQUE.

(*A part*) (*Haut.*)
O ciel!... oui, j'en rends grace aux Dieux.

ULYSSE.

Je ne puis sans frémir songer à son supplice.
On voit au bord des mers un affreux précipice;
De ce gouffre s'élève un rocher menaçant
Que l'œil épouvanté mesure en frémissant:
Là Calchas, à vos yeux saisissant sa victime,
Devait précipiter votre fils dans l'abîme.

ANDROMAQUE.

Je succombe, Céphise; ah Dieux!

ULYSSE, *à part.*

Elle a tremblé!
Portons les derniers coups dans son cœur désolé,
(*Haut*)
Redoublons sa terreur. La feinte est inutile.
Allez, volez, soldats, découvrez son asile:
Les Grecs dans leur espoir ne seront point trompés;

Montrez le fils d'Hector, qu'il expire : frappez.
Quel trouble ! quel effroi s'empare de votre ame ?
Vous tremblez pour un fils, n'est-il point mort, madame ?

ANDROMAQUE.

Hélas !

ULYSSE.

Pensez-vous donc qu'on m'en puisse imposer ?

ANDROMAQUE.

De l'état où je suis pouvez-vous abuser ?
Non, non, mon fils n'est plus, triste objet de mes larmes.
Ne vous méprenez point, seigneur, à mes alarmes.
Ah ! depuis si long-tems je vis dans la terreur,
La crainte au moindre mot s'empare de mon cœur,
Je tremble sans sujet.

ULYSSE.

J'entends, je veux vous croire ;
De me tromper enfin je vous cède la gloire.
Apprenez cependant ce qu'ordonne Calchas :
Que si le fils d'Hector a subi le trépas ;
Si la victime, aux yeux de la Grèce assemblée,
Au puissant Dieu des mers ne peut être immolée,
Au défaut de son sang la cendre du héros
Pourra seule appaiser et les vents et les flots.
Maintenant que son sang ne peut plus se répandre,
Je dois briser sa tombe et disperser sa cendre.

ANDROMAQUE.

O rage ! ô désespoir ! quoi ! monstres inhumains,
Sur ces restes sacrés vous porterez vos mains !
Des temples, des autels, vos fureurs sacrilèges
Ont déjà violé les divins privilèges :
Souillés de mille horreurs, il vous manquait encor
De profaner la tombe et les cendres d'Hector.

Ulysse, crains les Dieux; oui, leur vengeance est prête;
L'enfer est sous tes pieds, la foudre est sur ta tête:
Tremble, ou révère enfin ce marbre précieux.

ULYSSE.

Qu'on brise ce tombeau, qu'on l'écrase à ses yeux.

ANDROMAQUE.

Vous nous l'avez vendu; c'est un bienfait d'Achille;
Son fils même protège et défend cet asile.

ULYSSE.

Pyrrhus? Ne comptez plus sur une folle ardeur,
L'amour de son devoir est rentré dans son cœur.
Cédez, enfin, cédez à ma juste colère:
Il faut le sang du fils ou la cendre du père.

ANDROMAQUE.

Que ma mort vous suffise. Interrogez Calchas,
Les Dieux pourront peut-être...

ULYSSE.

Obéissez! soldats.

ANDROMAQUE.

Arrêtez, inhumains! Dieux! quel regard farouche!
Je ne demande point que ma douleur vous touche.
Il faut une victime à Neptune en fureur:
J'aurais tort de blâmer votre juste rigueur;
Mais, seigneur, si les Dieux contens de mon supplice....

ULYSSE.

Non, l'oracle a parlé. Soldats! qu'on m'obéisse;
Frappez, brisez ce marbre.

ANDROMAQUE.

Ah! suspendez vos coups!

ULYSSE.

Détruisez ce tombeau.

ANDROMAQUE.

J'embrasse vos genoux ;
J'étais reine, je suis esclave et suppliante.
Ne fermez point l'oreille à ma voix gémissante !
Rappelez-vous qu'un jour, sous les plus vils habits,
Vous fûtes dans nos murs découvert et surpris ;
Que je vous vis pâlir, que j'en fus attendrie ;
Qu'à ma prière Hector vous a sauvé la vie.
Un si rare bienfait peut-il être oublié ?
Ne me devez-vous point, seigneur, quelque pitié ?
Le sort en moi vous donne un exemple terrible ;
Aux coups dont il m'accable, hélas! soyez sensible!
Ouvrez, ouvrez votre ame aux cris des malheureux ;
Qu'ainsi le ciel propice exauce tous vos vœux,
Protège vos vaisseaux, et dans votre patrie
Vous rende au lit sacré d'une épouse chérie ;
D'un père vieillissant qu'il prolonge les jours ;
Qu'il comble de ses dons les fruits de vos amours ;
Qu'à votre exemple, enfin, votre fils Télémaque
Soit à jamais l honneur et la gloire d'Ithaque !
Hélas ! vous êtes père, et vous voyez mes pleurs !
Mon fils me reste seul au sein de mes malheurs.
Hélas ! seigneur...

ULYSSE.

O ciel ! que mon ame est émue !

ANDROMAQUE.

Seigneur, ayez pitié d'une mère éperdue.

ULYSSE.

Vous irritez les Grecs loin de les attendrir ;
En livrant votre fils, vous pourriez les fléchir.

ANDROMAQUE.

Je pourrais vous fléchir, ô vertueux Ulysse !

D'une mère excusez l'innocent artifice.
Quitte ce noir séjour, mon fils ; sors, montre-toi.
Voilà donc cet enfant qui cause tant d'effroi :
C'est lui qui fait trembler, et la Grèce alarmée,
Et ses mille vaisseaux et toute son armée.
Faible enfant ! est-ce à toi d'inspirer la terreur ?
Digne objet de pitié, tombe aux pieds du vainqueur ;
Arrose de tes pleurs ses armes triomphantes ;
Embrasse ses genoux, tends-lui tes mains tremblantes.
Ton âge connaît peu les horreurs de la mort ;
Mais vois mon désespoir, et frémis de ton sort :
Songe que si les Grecs n'appaisent leur colère,
Jamais, mon fils, jamais tu ne verras ta mère.
Tu pleures, cher enfant, tu me tiens dans tes bras ;
Tu me serres, mon fils ! voilà ton maître, hélas !
Adresse-lui tes vœux, ta priére ingénue.
Quoi ! vous les rejetez ! vous détournez la vue !

ULYSSE.

Mon cœur est désolé, madame ; je gémis,
Je déplore avec vous le sort de votre fils ;
Mais nos enfans un jour, en proie à sa furie ;
Mais le sang dont il doit inonder ma patrie....

ANDROMAQUE.

Quel espoir reste-t-il au comble du malheur ?
Que pourrait Hector même et toute sa valeur ?
Troie entière est en cendre. Ah ! pour vous quelle gloire.
Si vous n'abusez point des droits de la victoire !
Ces lieux ont vu jadis Hercule triomphant ;
Tel que mon fils alors, Priam encore enfant,
D'une voix suppliante implore sa clémence.
Quelle ame est insensible aux cris de l'innocence ?
Le héros qui dompta tant de monstres affreux,

Qui descendit vivant au séjour ténébreux,
Cède aux pleurs d'un enfant, l'embrasse, lui pardonne,
Et lui rend ses états, son sceptre et sa couronne.
Heureux Priam! quel don! quelle extrême faveur!
Que l'espoir de ces biens est loin de notre cœur!
Mon fils ne prétend plus au trône de ses pères :
Faites passer son sceptre en des mains étrangères ;
Mais épargnez son sang : j'implore vos secours.
Souvenez-vous, seigneur, que j'ai sauvé vos jours.
Je porte un joug affreux, que mon fils le partage.
Peut-on au fils des rois envier l'esclavage?

ULYSSE.

Que ne puis-je, madame, empêcher son trépas!
J'exécute à regret l'oracle de Calchas.

ANDROMAQUE.

Hé! quel oracle? ingrat! par quel lâche artifice
De tes noires fureurs rends-tu le ciel complice?
Les Dieux, les justes Dieux qui vengent l'innocent,
Peuvent-ils commander qu'on répande son sang?
Va, suis, barbare, suis la rage qui te guide :
Egorge un faible enfant, homme lâche et timide;
Et, pour voiler l'horreur de ce meurtre odieux,
Soulève tous les Grecs et fais parler les Dieux;
Mais songe que ces Dieux, vengeurs de l'innocence,
T'accableront un jour du poids de leur vengeance.
Souillé d'horreurs, chargé de malédictions,
Puisses-tu....

ULYSSE.

Prévenez ses imprécations.
Le tems presse : soldats, saisissez la victime.

ANDROMAQUE.

Osez-vous? ah! cruels!... Mon fils!... ô rage! ô crime!

ULYSSE.

Demeurez en ces lieux...

ANDROMAQUE.

Lâche et vil assassin!

ULYSSE.

Demeurez.

ANDROMAQUE.

Plonge donc un poignard dans mon sein;
Frappe, frappe : ma mort seule peut te soustraire
Aux cris, au désespoir, aux fureurs d'une mère.
Oui, mes cris douloureux rempliront l'univers,
J'armerai contre toi le ciel et les enfers;
Ma rage te suivra jusqu'au fond du Tartare :
Tu ne peux m'échapper. Rends-moi mon fils, barbare!

FIN DU QUATRIÈME ACTE.

ACTE CINQUIÈME.

SCENE PREMIERE.

ANDROMAQUE, *seule.*

O MON fils ! c'est en vain que tu me tends les bras ;
On m'arrête, on m'enchaîne, on te livre au trépas,
Et le cri maternel hâte encor tes supplices !
O du plus noir forfait détestables complices !
Insensibles témoins de mes cris, de mes pleurs,
Souvenez-vous, cruels, qu'il est des Dieux vengeurs !
Et ces Dieux, comme vous, seront impitoyables.
Rejetés par les flots sur des bords effroyables,
Errans et gémissans dans l'horreur des déserts,
Puissiez-vous y souffrir les tourmens des enfers,
L'horrible faim, la soif, la douleur et la rage !
Puisse un Cyclope affreux, dans son antre sauvage,
Dévorer en fureur vos membres palpitans !
Et toi, dont le nom seul soulève tous mes sens,
Artisan de mes maux, ô fourbe et traître Ulysse !
Crois-tu tromper des Dieux la suprême justice ?
De mes bienfaits, ingrat, est-ce donc là le prix ?
Quand j'ai sauvé tes jours, tu massacres mon fils !
Dieux ! vengez une mère, et tonnez sur sa tête !
Déchaînez contre lui les vents et la tempête !
Que la foudre en éclats tombe sur ses vaisseaux ;
Que leurs débris fumans, dispersés sur les eaux,

Le portent chez un peuple affamé de carnage;
Qu'il erre épouvanté de rivage en rivage;
Et si jamais d'Ithaque il revoit le séjour,
Sur ses propres foyers qu'il tremble à son retour!
Qu'une guerre sanglante embrâse sa patrie;
Que la nature enfin, qu'outrage sa furie,
Se soulève, se venge, et qu'au sein paternel
Son fils, son propre fils porte le coup mortel ..
Mais, non, non, prévenez la colère suprême;
Courez, sauvez mon fils; c'est vous sauver vous-même:
Courez! que tardez-vous? Ils rejettent mes vœux,
O ciel!...

SCÈNE II.

ANDROMAQUE, CÉPHISE.

CÉPHISE.

Consolez-vous et rendez grace aux Dieux;
Astyanax...

ANDROMAQUE.

Mon fils?

CÉPHISE.

Le ciel vous le renvoie,
Madame; il est sauvé.

ANDROMAQUE.

Que dis-tu? Quelle joie?
Mon fils!... Dieux! se peut-il? n'est-ce point une erreur?

CÉPHISE.

Dès que j'ai vu qu'Ulysse, enflammé de fureur,
De vos bras maternels arrachait sa victime,
Qu'il allait consommer vos malheurs et son crime,
J'ai volé vers Pyrrhus implorer son appui:

Dans ce danger pressant je n'espérais qu'en lui:
Après avoir des Grecs réprimé l'insolence,
Sur la tombe d'Achille affamé de vengeance,
Pyrrhus, pour appaiser les mânes paternels,
Venait d'offrir un sang digne des Immortels.
Des mers en ce moment il côtoyait la rive :
Aux accens de ma voix gémissante et plaintive,
Il s'arrête; je cours, je tombe à ses genoux;
Et redoublant mes cris : « Ah! seigneur, sauvez-nous!
Sauvez Astyanax! l'impitoyable Ulysse
L'arrache de nos bras et le traîne au supplice. »
Le héros lance au loin de terribles regards :
Il aperçoit Ulysse aux pieds de nos remparts;
Il vole et le poursuit jusqu'aux portes de Troie,
L'attaque, le renverse et lui ravit sa proie;
Le traître est à ses pieds tout pâle, tout sanglant :
Pyrrhus tient dans ses bras Astyanax tremblant.
Il parle; tous les Grecs baissent un front docile :
Ils reconnaissent tous la voix du fils d'Achille.
Son triomphe est certain; mais ce roi généreux,
Madame, en vous rendant l'objet de tous vos vœux,
Va sans doute à vos pieds faire éclater encore
Le tendre empressement d'un cœur qui vous adore :
N'adoucirez-vous pas enfin votre rigueur?
De quel œil verrez-vous sa flamme?

ANDROMAQUE.

Avec horreur.

CÉPHISE.

Vous ne respirez donc que haine et que vengeance?

ANDROMAQUE.

Je sais qu'il a des droits à ma reconnaissance :
Au péril de ses jours il a sauvé mon fils;

D'un si rare bienfait que mon sang soit le prix;
Pour lui, pour son bonheur puissé-je le répandre!
A d'autres sentimens il ne doit point prétendre.
Hector vit dans mon cœur; ce cœur n'est plus à moi,
Et je le tromperais en lui donnant ma foi.

CÉPHISE.

Hé bien, rallumez donc sa funeste colère;
Qu'il massacre à la fois et le fils et la mère;
Qu'il venge ses affronts; qu'il épuise, en ces lieux,
D'un sang qui m'est trop cher les restes précieux.
Mais avant d'exciter cette horrible tempête,
Arrachez-moi la vie et portez-lui ma tête;
Qu'elle soit dans vos mains le signal des fureurs,
Et que mes yeux du moins fermés à tant d'horreurs....
Hélas! j'augmente encor votre douleur mortelle,
Madame; pardonnez à l'excès de mon zèle,
Et croyez qu'Hector même, Hector, en ces momens,
Ne pourrait que blâmer vos cruels sentimens:
Son ame, sur un fils vivement alarmée,
Quand Pyrrhus l'a sauvé des fureurs d'une armée,
Jugerait ce héros digne de votre cœur.
Gardez à votre fils ce puissant protecteur;
De vous seule aujourd'hui dépend sa destinée:
Sauvez, sauvez ses jours.... Hélas!....

ANDROMAQUE.

Infortunée!

CÉPHISE.

Tant de vœux, tant de soins seront-ils superflus?
Mais on vient, c'est Thestor: consultez ses vertus;
Sa voix sur votre cœur doit avoir quelqu'empire;
Et ses sages conseils.... Mais, que vois-je! il soupire,
Il gémit; son visage est noyé dans les pleurs.

SCENE III.

ANDROMAQUE, CÉPHISE, THESTOR.

THESTOR.

C'en est donc fait, le ciel a comblé nos malheurs :
Rien ne pourra tarir la source de nos larmes.

ANDROMAQUE.

Thestor, que dites-vous? d'où naissent vos alarmes?

THESTOR.

Le fils d'Achille, hé quoi? l'ignorez-vous encor?
Pyrrhus...

ANDROMAQUE.

Hé bien, Pyrrhus défend le fils d'Hector;
Il vient de l'arracher aux mains du traître Ulysse.

THESTOR.

Il l'a livré lui-même au plus cruel supplice.

ANDROMAQUE.

Ah! mon fils!

CÉPHISE.

Se peut-il?

THESTOR.

Mes yeux seuls m'ont instruit.
Au bord des mers caché dans un profond réduit,
J'attendais que le ciel, touché de ma constance,
M'offrît l'heureux instant de sauver l'innocence,
D'enlever en secret ce doux et cher trésor
Déposé par nos mains dans le tombeau d'Hector;
Mais nos vainqueurs déjà sont maîtres de leur proie :
J'entends des cris affreux de fureur et de joie;
Je les vois courir tous en foule au bord des eaux,

Inonder le rivage et couvrir leurs vaisseaux.
Au sommet d'un rocher, dont l'immense étendue
Sur les flots se prolonge et se perd dans la nue,
Pyrrhus monte en triomphe : Astyanax hélas !
De ses cruelles mains passe aux mains de Calchas.
Vers la pointe du roc, sur le profond abîme,
Le grand-prêtre suspend sa tremblante victime,
Et prêt à l'y plonger, ose invoquer les Dieux ;
Le barbare, pour prix d'un sang si précieux,
Demande que Neptune, appaisant sa furie,
Ramène nos vainqueurs au sein de leur patrie.
Mille cris dans les airs se mêlent à sa voix ;
Le sang coule aussitôt, et le fils de nos rois,
Que son bras inhumain a lancé dans les ondes,
Disparaît englouti sous les vagues profondes.

ANDROMAQUE.

O ciel! ô jour de sang! ô malheurs inouis !
Enfin j'ai tout perdu. Dieux cruels ! ô mon fils!
Il n'est plus.... O mon fils! chère et tendre victime,
C'est moi qui t'ai plongé en ce profond abîme !
Tu ne pouvais puiser dans mon funeste flanc
Que l'horrible infortune attachée à mon sang.
En but aux traits du sort, à sa fureur en proie,
Moi seule j'ai causé tous les malheurs de Troie :
Et je respire encor! et je soutiens le jour!
O fer! présent d'Hector, gage de son amour !
Si j'ai privé mon fils de ton secours funeste,
Arrache-moi du moins ce jour que je déteste!

SCENE IV ET DERNIÈRE.

ANDROMAQUE, ASTYANAX, PYRRHUS, THESTOR, CÉPHISE, PHYNÉAS.

PYRRHUS.

Arrêtez, arrêtez.

ANDROMAQUE.

Dieux! on retient mon bras:
O Dieux! je ne puis même obtenir le trépas.

PYRRHUS.

Embrassez votre fils.

ANDROMAQUE.

Mon fils! ciel!

THESTOR.

C'est lui-même;
En croirai-je mes yeux? ô ciel, ô bien suprême!

ANDROMAQUE.

Mon fils! je te revois, et je l'embrasse encor:
Est-ce un songe?, est-ce toi, chère image d'Hector?
Je pleurais ton trépas.

PYRRHUS.

Avez-vous pu le croire?
Pouviez-vous m'accuser d'une action si noire?
Mais quel est ce guerrier? quel homme audacieux,
Sans mon ordre, s'expose à paraître en ces lieux?
Quoi! c'est Thestor! c'est lui: la feinte est inutile,
Et ce déguisement....

THESTOR.

O digne fils d'Achille!
Ne vous offensez point de ma témérité;
Sous ce déguisement, il est vrai, j'ai tenté

De soustraire à vos coups cette illustre victime,
Ce pur sang de nos rois. Hélas! si c'est un crime...

ANDROMAQUE.

Si c'en est un, seigneur, c'est moi qu'il faut punir:
J'implorai son secours.

PYRRHUS.

Il a dû vous servir:
Lorsqu'au sein du malheur il vous reste fidèle,
Je ne puis qu'honorer ses vertus et son zèle.
Mais qui peut excuser le barbare dessein
Qui vous portait, cruelle, à vous percer le sein?

ANDROMAQUE.

Les malheurs de mon fils et sa mort assurée:
Rien n'eût pu retenir ma main désespérée.

PYRRHUS.

Mais Céphise m'a vu voler à son secours...
Je vous avais promis de défendre ses jours.

THESTOR.

C'est moi, seigneur, moi seul qui causai tant d'alarmes;
Mais pouvais-je douter du sujet de nos larmes,
Quand, du haut d'un rocher qui règne sur le port,
J'ai vu l'affreux Calchas, ministre de la mort...

PYRRHUS.

Calchas a su des Grecs tromper l'aveugle rage:
D'un enfant supposé la ressemblante image,
Un faux Astyanax, englouti dans les flots,
A fait évanouir leurs horribles complots.

ANDROMAQUE.

Et je vous dois, seigneur, une tête si chère!
Vous sauvez en un jour et le fils et la mère!
Comment puis-je jamais m'acquitter envers vous?

PYRRHUS.

Andromaque !...

ANDROMAQUE.

Seigneur ?

PYRRHUS.

J'embrasse vos genoux !
Mon cœur vous est connu ; faites ma destinée.

ANDROMAQUE.

O ciel !...

PYRRHUS.

Qu'ordonnez-vous ? parlez.

ANDROMAQUE.

Infortunée !
Ah ! reprenez vos dons, et laissez-moi mourir.
Ombre de mon époux, va, cesse de gémir,
Mon cœur restera libre au sein de l'esclavage ;
De mes derniers soupirs tu recevras l'hommage.
Mais, toi, mon fils, à peine échappé du trépas,
L'affreux abîme encor se rouvre sous tes pas :
Et je vais t'y plonger ! O souvenir trop tendre !
Cher Hector, à mes pieds dois-je fouler ta cendre ?
Que faire ? quels tourmens ! Malheureuse ! choisis
De trahir ton époux ou de perdre ton fils !

CÉPHISE.

Ah ! souffrez qu'à genoux Céphise vous supplie....

ANDROMAQUE.

Que veux-tu ? non, cruelle, arrache-moi la vie,
Et cesse d'irriter et d'aigrir ma douleur
Par de lâches conseils qui désolent mon cœur.
Je sais quels maux affreux j'attire sur nos têtes.
Mon choix est fait : Pyrrhus, tes victimes sont prêtes ;
Je ne veux ni braver ni craindre ton courroux,
Je veux vivre ou mourir digne de mon époux.

CÉPHISE.

Seigneur, tout notre espoir est dans votre clémence.

PYRRHUS.

Ah! n'attendez de moi que haine et que vengeance!
Tremblez !... Que vais-je faire? Amour, haine, fureur,
A quels noirs attentats entraînez-vous mon cœur?
Source de tous nos maux, implacable Déesse,
O Vénus, en tout tems si fatale à la Grèce!
Vénus, tu m'as vaincu, tout cède à ton pouvoir;
Mais jusque dans mes pleurs et dans mon désespoir,
Et sous ton joug cruel ployant un front docile,
Tu connaîtras encore quel est le fils d'Achille.
Andromaque, vivez, je vous rends votre fils;
De vos rares vertus qu'il soit le digne prix :
Je fais votre bonheur, il est ma récompense :
Ne forcez point votre ame à la reconnaissance.
Vous gémissez encore à l'aspect d'un vainqueur :
Oui, vous me haïssez encore au fond du cœur.
Je ne vous contrains plus; je brise votre chaîne :
Soyez libre; fuyez l'objet de votre haine;
J'ai renoncé, cruelle, au nom de votre époux,
Et je consens encor à m'éloigner de vous.
Je sais qu'un tel effort doit me coûter la vie,
Mais c'est pour vous enfin que je la sacrifie;
Heureux si votre cœur, hélas! peut s'attendrir,
Et si ma mort du moins vous arrache un soupir.

ANDROMAQUE.

Quelle surprise, ô ciel! je reste confondue!
Ah! quels coups vous portez dans mon ame éperdue!
Qui, moi vous fuir, seigneur? moi je vous haïrais?
J'admire vos vertus, je chéris vos bienfaits;
Hector vivant serait jaloux de votre gloire;

Mais ne vous flattez point, qu'oubliant sa mémoire,
Mon cœur puisse jamais brûler de nouveaux feux;
Qu'il suffise à ce roi si grand, si généreux,
Qui commande à l'amour, qui dompte la colère,
De savoir qu'Andromaque au sein de sa misère
Se console, malgré tant de cruels exploits,
Puisqu'elle doit servir, de servir sous ses lois.

PYRRHUS.

Cruelle, pouvez-vous me tenir ce langage?
Vous servir! ah! je veux que tout vous rende hommage.
Venez de vos vertus illustrer mes états;
Que Céphise et Thestor accompagnent vos pas;
Qu'ils ne redoutent point de serviles entraves;
Non, non, je rougirais d'en faire des esclaves:
Dans ma cour je prétends qu'ils jouissent encor
Du rang qu'ils occupaient près du trône d'Hector;
Des chagrins de l'amour dont le feu me consume,
L'amitié pourra seule adoucir l'amertume.

THESTOR.

Nous chérissons vos lois.

CÉPHISE.

Vous régnez sur nos cœurs.

ANDROMAQUE.

Toi qui viens d'échapper au courroux des vainqueurs,
Regarde ce héros à qui tu dois la vie;
Songe que ses états deviennent ta patrie;
Jure de le servir, de vivre sous sa loi.
O fils de tant de rois! mon fils, voilà ton roi;
Mets l'orgueil de ton sang à lui prouver ton zèle,
Et de tous ses sujets deviens le plus fidèle.

FIN.

www.ingramcontent.com/pod-product-compliance
Ingram Content Group UK Ltd.
Pitfield, Milton Keynes, MK11 3LW, UK
UKHW020350180726
13839UKWH00003B/1018